U0513044

納蘭性德詞集

【清】纳兰性德 著

上海古籍出版社

图书在版编目(CIP)数据

纳兰性德词集/(清)纳兰性德著.—上海:上海古籍出版社,2016.5(2017.5重印)
(国学典藏)
ISBN 978-7-5325-7983-9

Ⅰ.①纳… Ⅱ.①纳… Ⅲ.①词(文学)—作品集—中国—清代 Ⅳ.①I222.849

中国版本图书馆CIP数据核字(2016)第037921号

国学典藏
纳兰性德词集
[清]纳兰性德 著
上海世纪出版股份有限公司
上 海 古 籍 出 版 社 出版
(上海瑞金二路272号 邮政编码200020)
(1)网址:www.guji.com.cn
(2)E-mail:guji1@guji.com.cn
(3)易文网网址:www.ewen.co
上海世纪出版股份有限公司发行中心发行经销
江阴金马印刷有限公司印刷
开本890×1240 1/32 印张6.5 插页5 字数150,000
2016年5月第1版 2017年5月第2次印刷
印数5,101—7,200
ISBN 978-7-5325-7983-9
I·3022 定价:24.00元
如有质量问题,请与承印公司联系

前　言

张草纫

改革开放至今已有三十年了。随着经济的迅速发展，政治的日益开明，文化生活也发生了巨大的变化。其中的一个方面，是人们对古代优良的文化传统持保护、继承、发扬的态度，诸子百家的学术思想、历史事实和名人事迹、文学著作和艺术遗产，都通过各种不同的方式得到了宣传和普及。纳兰性德，这个原本很陌生的名字，由于《纳兰词》多种版本的出版、发行，以及词人在电视剧和戏曲中频频以主角的身份出现，现在已经广为人知了。不过在电视剧和戏曲中，为了迎合观众的趣味，往往添加一些虚构的情节，甚至与事实大相径庭。因此，要看懂《纳兰词》和认识纳兰性德，必须澄清一些事实，还纳兰性德本来的面目，即了解历史上真实的纳兰性德的经历和性格。

纳兰性德(1655-1685)，原名成德，字容若(朋友之间及后世的评论家又称他为成容若)，号楞伽山人。满族人，隶属正黄旗。在明代初叶，满族分为三大部属：建州女真、海西女真和野人女真，纳兰氏属于海西女真。其中建州女真势力最强，各部属之间经常发生争战和兼并。至明代末叶，建州女真的首领——爱新觉罗家族的努尔哈赤，与海西女真的首领——叶赫那拉家族的金台什(性德的曾祖父)成为整个满族的两大势力。为了对抗明朝，这两个家庭出于政治目的而联姻，努尔哈赤娶金台什之妹孟古格格为妻。而后又由于部落间的矛盾，这两大势力间发生了流血战争，海西女真为建州女真所吞并，金台什在战争中被杀死。努尔哈赤统一了整个满族，而他与孟古格格生的儿子皇太极，后来征服全中国，建立了大清帝国。金台什之子，性德的祖父倪迓韩归顺了努尔哈赤，在与明朝作战中屡建战功。叶赫那拉家族在爱新觉罗王朝重新获得了重要地位。性德的父亲明珠娶努尔哈赤的小儿子阿济格之女和舍里氏（康熙皇帝的堂姑母）为妻，这是叶赫拉那家族与爱新觉罗家族之间的第二次通婚。由此可见，性德与康熙皇帝之间有着多么密切的关系。

性德小时候就聪明好学，背诵经史，常若夙习，还依照满族人的习俗练习骑射。康熙十年（1671），17岁的性德入国子监，为太学生。由于成绩出众，经国子监祭酒徐元文介绍结识其兄——任康熙帝南书房编修的徐乾学。徐氏兄弟是明末清初的大儒顾炎武的外甥，在当时学界是赫赫有名的人物。次年，18岁的性德考中顺天乡试举人。这次乡试的主考官是蔡启僔和徐乾学，这样，性德就正式成了徐乾学的门生。康熙十二年（1673）礼部会试，性德中式，但由于患寒疾（可能是流行性感冒，发高烧），不能参加殿试（会试中式后，要经过殿试及格，才能成为进士，授予官职）。因此，直到三年后，在康熙十五年（1676）春的殿试中他才考取进士，当时他22岁。他被授予三等侍卫的官职，后晋升为二等侍卫、一等侍卫，直到他31岁去世。侍卫是皇帝的贴身随从，职位不高，却十分重要，因为关系到皇帝的安全。性德被康熙帝看中，留在身边，显然由于他是满族人，又与自已有亲戚情谊，比较放心。康熙帝多次出巡，到京畿、塞外、辽东、山西、江南等地，性德都随从护卫。他作为八旗子弟，能文能武，办事精明，又忠心耿耿，所以深得康熙帝的宠爱和信任。但是，性德又是一个才能出众的青年，他总希望能有机会一展抱负，做一番经天纬地的大事业："竟须将、银河亲挽，普天一洗。麟阁才教留粉本，大笑拂衣归矣。"（《金缕曲》）而在现实生活中，他只是在康熙的鞍前马后干一些枯燥乏味的打杂工作，谈不上有什么成就。因此，在他的诗词和给友人的书信中常流露出消沉厌倦的情绪。在九年的侍卫生涯中，他只做了一件具有实际意义的事，那就是北赴梭龙侦察敌情。

梭龙即索伦部，是分布在西起石勒克河以及外兴安岭、东至黑龙江北岸支流精奇里江一带的达斡尔、鄂温克和鄂伦春等族的总称，本来处于清皇朝的统治之下。在三藩叛乱期间，清室忙于在南方用兵，无暇北顾。沙皇俄国便乘机东进，不断挑起边境纠纷，并侵占了大片土地。清廷平定三藩之后，回过头来着手处理北疆的事务。康熙二十一年（1682）八月，副都统郎谈、彭春率领一支队伍以捕鹿为名赴梭龙侦察敌情。纳兰性德亦是其中一员，并且出色地完成了任务。徐乾学在《通议大夫一等侍卫进士纳兰君神道碑文》中说："及卒，上在行宫，闻之震悼。后梭龙诸羌降，命宫使就几筵哭告之，以君前年奉使功故。"

性德于工作之暇，喜欢与有才学的人交往。他结识的都是当代的名士，如朱彝尊、陈维崧、严绳孙、梁佩兰、姜宸英、顾贞观、秦松龄、叶方蔼等。当时，这些人都已有相当高的名望，年纪也都在50岁上下，比性德大25到30岁，差不多长一个辈分。他们所以能不顾年龄的差别，与这个年方弱冠的青年公子结成忘年之交，主要是出于对文学的共同爱好，是相互倾慕对方的才学。他们中间，有的虽担任过一定的官职，但仕途蹭蹬，并不得意；有的则穷困潦倒，生计堪忧。性德对这些文人朋友寄予很大的同情和关怀，尽己所能给予他们政治上的庇护和经济上的帮助。其中最为人称道的是营救吴兆骞之事。吴兆骞，字汉槎，是清初江南著名诗人。他于顺治十四年（1657）参加江南乡试，中了举人。不料因有人告发主考官舞弊，吴因此卷入了科场案。清廷下令清查，把考生全部押送到北京，在殿前重试，纪律森严。吴兆骞虽然有真才实学，但在这种场合也被吓得战栗不能成文，最后交了白卷，结果被流放到宁古塔（今黑龙江宁安县西海林河南岸旧街镇）。顾贞观是吴兆骞的好友，于康熙十五年（1676）写了两首《金缕曲》词寄给吴兆骞。性德读了这两首词后大为感动，顾贞观乘机请求性德营救吴兆骞。性德又去恳求他的父亲明珠，终于在康熙二十年（1681）把吴兆骞赎回。

纳兰性德是一位才华横溢的翩翩公子，自然引出许多“才子佳人”的爱情故事，虚虚实实，使得纳兰性德的一生更富传奇色彩。据清人笔记记载，性德在少年时代曾与其表妹相恋，后来表妹被选入宫，这段恋情也随之中断。这只是小说家之言，不可全信。在《纳兰词》中，虽然也确实有几首词内容涉及他早年的恋情，但不可据以为实。性德大约在19岁前后，曾纳一侍妾颜氏。那时他因患寒疾未能参加殿试，在家养病，心中十分苦闷。明珠夫妇欲为他娶妻，可能一时未找到门当户对的人选，于是先为他置一侍妾，以慰其孤寂，同时照料他的生活。关于他与颜氏的情况，缺乏详细的记载。性德20岁时（康熙十三年，1674），娶两广总督、兵部尚书、都察院右副都御史卢兴祖之女为妻。卢氏年18岁，青年夫妇，十分恩爱。“被酒莫惊春睡重，赌书消得泼茶香。”（《浣溪沙》）“笑卷轻衫鱼子缬。试扑流萤，惊起双栖蝶。瘦断玉腰沾粉叶，人生那不相思绝。”（《蝶恋花》）这些词句就是他们当时的生活写照。可惜这段幸福的婚姻只过了三年时间，卢氏因难产致病，一个月后去世。性德异常悲痛，写下许多哀感顽艳、凄惋欲绝的悼亡词（下面将详述）。三年后，也即康熙十九年（1680），性德续娶官氏为继室。官氏为满族人，也是官家之女。从性德后期的边塞词看，如《一络索》：“别是柔肠萦挂，待归才罢。却愁拥髻向灯前，说不尽离人话。”《青玉案》：“多情不是偏多别，别离只为多情设。蝶梦百花花梦蝶，几时相见，西窗剪烛，细把而今说。”他们的感情也是相当深厚的。

由于词友们为生计所迫，奔走四方，聚散无常，而官氏可能只是一般的贤妻良母，未必通晓文墨，性德在精神上缺少慰藉，颇感寂寞。他听闻明末清初前辈诗人与秦淮名妓的风流佳话，如钱谦益与柳如是、吴伟业与卞玉京、冒辟疆与董小宛、龚鼎孳与顾横波等，亦心向往之。于是他托好友顾贞观在江南替他物色红颜知己，顾果然不负所托。康熙二十三年（1684）冬，性德扈驾南巡回京后，纳江南艺妓女词人沈宛为侍妾。性德为她置一曲房，请严绳孙书额曰“鸳鸯社”。性德与沈宛二人情投意合，十分亲密，然而却遭到父亲明珠的强烈反对。有人认为是由于艺妓的社会地位低微，据我推测，地位低微不是主要的原因。因为纳妾不比娶妻，并不讲究门当户对。柳如是、顾横波辈都是艺妓出身，并没有人对她们横加非议。但是从另一个角度而言，身为艺妓，必然与众多名人文士有往来，社会关系复杂。而当时三藩之乱虽已平定，清朝政权基本上已经巩固，但知识阶层中仍有反清情绪，这从当时的多次文字狱可以得到证实。降清的官吏，如钱谦益、龚鼎孳辈，虽居高位，但并无实权，所以即使身边有一个社会关系复杂的侍妾，也无关紧要。而身为侍卫的性德则不然，他所接触的人必须绝对可靠，以保证皇上的安全。做不到这一点，就会失去皇上的信任。明珠为儿子的仕途着想，只得强迫他与沈宛分手。沈宛于康熙二十四年(1685)春返回江南，两人只相处了三四个月。《纳兰词》中有几首思念沈宛的词，如《浣溪沙》(欲问江梅瘦几分)、《遐方怨》(欹角枕)、《采桑子》(而今才道当时错)，《浣溪沙》(五月江南麦已稀)等，数量不多，因为性德就在那一年五月三十日因寒疾离开了人世。

纳兰性德以他的词而垂名于史。他在清代词坛和整个词史中都占有重要地位。有人尊他为清初第一词人，有人称他可与竹垞(朱彝尊)、其年(陈维崧)“鼎足词坛”(谭献《复堂词话》)，有人谓他与项莲生、蒋春霖“二百年中，分鼎三足”(谭献《箧中词》卷五)，王国维对他更是赞赏有加，甚至说他“北宋以来，一人而已”(《人间词话》)。纳兰词清新流畅，格调高远，缠绵婉约，幽艳凄美，而且像民歌一样通俗易懂，较少矫揉造作、堆砌典故等习气。风格近于南唐李后主和北宋晏幾道。如:

玉漏迢迢，梦里寒花隔玉箫。(《采桑子》)

月浅灯深，梦里云归何处寻?(《采桑子》)

一样晓风残月，而今触绪添愁。(《清平乐》)

懊恼隔帘幽梦，半床花月纵横。(《清平乐》)

又如：

一片晕红疑着雨，晚风吹掠鬓云偏。倩魂销尽夕阳前。（《浣溪沙》）

评论者以为“柔情一缕，能令九转回肠，虽山抹微云君（指秦观）不能道也”。又如：

嫩烟分染鹅儿柳，一样风丝，似整如欹，才着春寒瘦不支。（《采桑子·咏春雨》）

凌波欲去，且为东风住。……还留取，冷香半缕，第一湘江雨。（《点绛唇·咏风兰》）

准待分明，和雨和烟两不胜。（《减字木兰花·新月》）

可怜遥夜，冷烟和月，疏影横窗。（《眼儿媚·咏梅》）

疏疏一树五更寒，爱他明月好，憔悴也相关。（《临江仙·塞柳》）

咏物不滞于形态而摄其神，故超脱飘逸，有言外之味。

性德写爱情的词，也很有特色。如：

蓦地一相逢，心事眼波难定。谁省？谁省？从此簟纹灯影。（《如梦令》）

消息半浮沉，今夜相思几许。秋雨，秋雨，一半西风吹去。（《如梦令》）

五字诗中目乍成，尽教残福折书生。手挼裙带那时情。（《浣溪沙》）

未接语言犹怅望，才通商略已瞢腾。只嫌今夜月偏明。（《浣溪沙》）

而尤其值得指出的是他的悼亡词。性德与原配妻子卢氏感情极好。卢氏去世后，性德非常悲痛，写了不少悼亡词。悼亡诗词在我国古代诗歌中数量不多。悼亡诗比较有名的，仅有潘岳、元稹、李商隐等人的七八首。悼亡词更少，可以举出的，似乎只有苏轼的《江城子》和贺铸的《半死桐》。而性德一人就写了二三十首，情深意苦，哀感动人。如果说像“丁宁休曝旧罗衣，忆素手为余缝绽”（《鹊桥仙·七夕》）、“几回偷湿青衫泪，忽傍犀奁见翠翘”（《鹧鸪天·十月初四夜风雨，其明日是亡妇生辰》）这样的词句，还未摆脱元稹“衣裳已施行看尽，针线犹存未忍开”、李商隐“更无人处帘垂地，欲拂尘时簟竟床”、贺铸“空床卧听南窗雨，谁复挑灯夜补衣”的套路，那么像以下的词句：

自那番摧折，无衫不泪；几年恩爱，有梦何妨。最苦啼鹃，频催别鹄，赢得更阑哭一场。遗容在，只灵飚一转，未许端详。（《沁园春》）

别语忒分明，午夜鹣鹣梦早醒。卿自早醒侬自梦，更更，泣尽风前夜雨铃。（《南乡子·为亡妇题照》）

重泉若有双鱼寄。好知他、年来苦乐，与谁相倚。我自终宵成转侧，忍听湘弦重理。待结个、他生知己。还怕两人都薄命，再缘悭、剩月零风里。清泪尽，纸灰起。（《金缕曲·亡妇忌日有感》）

咫尺玉钩斜路，一般消受，蔓草斜阳。判把长眠滴醒，和清泪、搅入椒浆。怕幽泉还为我神伤。道书生薄命宜将息，再休耽、怨粉愁香。料得重圆密誓，难禁寸裂柔肠。（《春衫湿·悼亡》）

真是一字一泪，哀痛欲绝。严迪昌在《清词史》中说：“纳兰的悼亡词不仅拓开了容量，更主要的是赤诚淳厚，情真意挚，几乎将一颗哀恸追怀、无尽依恋的心活泼泼地吐露到纸上。所以是继苏轼之后在词的领域内这一题材作品最称卓特的一家。”

性德的边塞词，也可以说在宋词之外别开生面。宋朝由于地域的限制，词人大多没有远赴塞北的机会。范仲淹曾为陕西四路宣抚使，也只写了一首《渔家傲》：“四面边声连角起。千嶂里，长烟落日孤城闭。”所以边塞风光，在宋词中很少反映。性德由于职务关系，经常扈从康熙帝到塞北和关外去巡视，熟悉漠北荒寒之景。他笔下的边塞词雄浑苍凉，令人耳目一新。如：

五夜光寒，照来积雪平于栈。……何时旦？晓星欲散，飞起平沙雁。（《点绛唇·黄花城早望》）

毡幕绕牛羊，敲冰饮酪浆。（《菩萨蛮》）

星影漾寒沙，微茫织浪花。（《菩萨蛮·宿滦河》）

一抹晚烟荒戍垒，半竿斜日旧关城。古今幽恨几时平！（《浣溪沙》）

古戍烽烟迷斥堠，夕阳村落解鞍鞯，不知征战几人还？（《浣溪沙》）

铁马金戈，青冢黄昏路。（《蝶恋花·出塞》）

这样的词句在一般词集中是看不到的。

性德早年曾把他的部分词作集成《侧帽词》，他去世后，友人顾贞观、张纯修都为他编过词集，名《饮水词》，他的老师徐乾学为他编了《通志堂集》，内有词四卷。后人又不断收辑、增补、重刻，定名为《纳兰词》。我也作过一番整理，并略加注释，由上海古籍出版社于1995年10月出版发行，名《纳兰词笺注》。嗣后各出版社也出版了各种不同版本的纳兰词，注释和见解各有异同。诗无达诂，有不同理解是正常的。读者可以择善而从，也可以另有会心。此次出版，我们择要将其词中化用的古人诗词文句列于词后（每条前面用◎表示），另将历代评论、与词相关的本事和史实及对纳兰词的系年择要列于每首词后（每条前面用◆表示，引自《纳兰词笺注》的，不另注明出处），以方便读者对纳兰词的阅读和欣赏。

目 录

卷　二

卷　三

卷 四

卷 五

补遗一

补遗二

卷　一

忆江南

昏鸦尽，小立恨因谁？
急雪乍翻香阁絮，轻风吹到胆瓶梅。
心字已成灰。

◎何日归家洗客袍，银字笙调，心字香烧。（宋蒋捷《一剪梅·舟过吴江》）

赤枣子

惊晓漏，护春眠。格外娇慵只自怜。
寄语酿花风日好，绿窗来与上琴弦。

◎捻玉搓琼软复圆，绿窗谁见上琴弦。（唐赵光远《咏手二首》之二）

忆王孙

西风一夜剪芭蕉。倦眼经秋耐寂寥？
强把心情付浊醪。读《离骚》。
愁似湘江日夜潮。

玉连环影

何处？几叶萧萧雨。
湿尽檐花，花底人无语。
掩屏山，玉炉寒。
谁见两眉愁聚倚阑干。

◆按此调《谱》、《律》不载，疑为自度曲。

遐方怨

欹角枕，掩红窗。
梦到江南伊家，博山沉水香。
湔裙归晚坐思量。轻烟笼翠黛，月茫茫。

◎欢作沉水香，侬作博山炉。（《乐府诗集·杨叛儿》）

◆此词可能作于康熙二十四年春沈宛南归后。词中“江南伊家”，指作者侍妾沈宛家。

诉衷情

冷落绣衾谁与伴？倚香篝。
春睡起，斜日照梳头。
欲写两眉愁，休休。
远山残翠收。莫登楼。

如梦令

正是辘轳金井，满砌落花红冷。
蓦地一相逢，心事眼波难定。
谁省？谁省？从此簟纹灯影。

如梦令

纤月黄昏庭院，语密翻教醉浅。
知否那人心？旧恨新欢相半。
谁见？谁见？珊枕泪痕红泫。

如梦令

木叶纷纷归路。残月晓风何处。
消息半浮沉，今夜相思几许。
秋雨，秋雨。一半西风吹去。

◎今宵酒醒何处？杨柳岸、晓风残月。（宋柳永《雨霖铃》）

◎秋雨，秋雨。一半回风吹去。（清朱彝尊《转应曲·安丘客舍对雨》）

天仙子

梦里蘼芜青一剪，玉郎经岁音书断。
暗钟明月不归来，梁上燕，轻罗扇，
好风又落桃花片。

◆不减五代人手笔。（清陈廷焯《词则·大雅集》）

天仙子

好在软绡红泪积，漏痕斜罥菱丝碧。
古钗封寄玉关秋，天咫尺，人南北，
不信鸳鸯头不白。

◎邬兵曹弟子问之曰："夫草书于师授之外，须自得之……未知邬兵曹有之乎？"怀素对曰："似古钗脚，为草书竖牵之极。"颜公曰："师竖牵古钗脚，何如屋漏痕？"（唐陆羽《怀素别传》）

◎已见双鱼能比目，应笑鸳鸯会白头。（宋欧阳修《荷花赋》）

天仙子

水浴凉蟾风入袂，鱼鳞触损金波碎。
好天良夜酒盈樽，心自醉，愁难睡，
西南月落城乌起。

◎水浴清蟾，叶喧凉吹，巷陌马声初断。（宋周邦彦《过秦楼·夜景》）

江城子

湿云全压数峰低，影凄迷，望中疑。
非雾非烟，神女欲来时。
若问生涯原是梦，除梦里，没人知。

◎神女生涯原是梦，小姑居处本无郎。（唐李商隐《无题二首》之二）

长相思

山一程，水一程，
身向榆关那畔行，夜深千帐灯。

风一更，雪一更，
聒碎乡心梦不成，故园无此声。

◎金风动、冷清清地。残蝉噪晚，甚聒得人心欲碎。（宋柳永《爪茉莉》）

◆据徐乾学所作作者墓志铭："上之幸……盛京、乌喇……未尝不从"及"容若尝奉使觇梭龙诸羌"，作者曾两次东出山海关去东北地区。第一次是在康熙二十一年三月扈从康熙帝去的（《清实录》："癸巳，上以云南底定，海宇荡平，躬诣永陵、福陵、昭陵告祭。"）；第二次是在同年八月至十二月随郎谈去梭龙（《清实录》："庚寅，上遣副都统郎谈、公彭春等，率兵往打虎儿、索伦，声言捕鹿，以觇其情形。"按索伦即梭龙）。词中有"夜深千帐灯"之语，声势甚盛，当是三月扈驾时所作。

◆"明月照积雪"，"大江流日夜"，"中天悬明月"，"长河落日圆"，此种境界，可谓千古壮观。求之于词，唯纳兰容若塞上之作，如《长相思》之"夜深千帐灯"，《如梦令》之"万帐穹庐人醉，星影摇摇欲坠"，差近之。（王国维《人间词话》）

相见欢

微云一抹遥峰，冷溶溶，

恰与个人清晓画眉同。

红蜡泪，青绫被，水沉浓。
却与黄茅野店听西风。

◎山抹微云，天连衰草，画角声断谯门。（宋秦观《满庭芳》）

◆此亦为出塞之作，但词中有“黄茅野店听西风”之句，不像是扈驾随行时所作。疑作于康熙二十一年八月去梭龙时，时令亦合。

相见欢

落花如梦凄迷，麝烟微，
又是夕阳潜下小楼西。

愁无限，消瘦尽，有谁知？
闲教玉笼鹦鹉念郎诗。

◎自在飞花轻似梦，无边丝雨细如愁。（宋秦观《浣溪沙》）

◎暮霭生深树，斜阳下小楼。（唐杜牧《题扬州禅智寺》）

◎开元中，岭南献白鹦鹉，养之宫中。岁久，驯扰聪慧，洞晓言词。上及贵妃皆呼雪衣女。授以词臣诗篇，数遍便可讽诵。（唐郑处诲《明皇杂录》）

◎奈此个单栖情绪。却傍金笼共鹦鹉，念粉郎言语。（宋柳永《甘草子》）

昭君怨

深禁好春谁惜？薄暮瑶阶伫立。

别院管弦声，不分明。

又是梨花欲谢，绣被春寒今夜。
寂寂锁朱门，梦承恩。

◎远岫出云催薄暮，细风吹雨弄轻阴。梨花欲谢恐难禁。（宋周邦彦《浣溪沙》）

◎牵系玉楼人，绣被春寒夜。（宋晏幾道《生查子》）

昭君怨

暮雨丝丝吹湿，倦柳愁荷风急。
瘦骨不禁秋，总成愁。

别有心情怎说？未是诉愁时节。
谯鼓已三更，梦须成。

◎江水苍苍，望倦柳愁荷，共感秋色。（宋史达祖《秋霁》）

酒泉子

谢却荼蘼，一片月明如水。
篆香消，犹未睡，早鸦啼。

嫩寒无赖罗衣薄，休傍阑干角。
最愁人，灯欲落，雁还飞。

◎朱唇浅破桃花萼，倚楼人在阑干角。夜寒手冷罗衣薄。（宋张先

《醉落魄》）

◆情词凄婉，似韦端己手笔。（清陈廷焯《词则·闲情集》）

生查子

东风不解愁，偷展湘裙衩。
独夜背纱笼，影着纤腰画。

爇尽水沉烟，露滴鸳鸯瓦。
花骨冷宜香，小立樱桃下。

◎鸳鸯瓦冷霜华重，翡翠衾寒谁与共？（唐白居易《长恨歌》）

◎清寒入花骨，肃肃初自持。（宋苏轼《雨中看牡丹》）

生查子

鞭影落春堤，绿锦障泥卷。
脉脉逗菱丝，嫩水吴姬眼。

啮膝带香归，谁整樱桃宴？
蜡泪恼东风，旧垒眠新燕。

◎嫩水带山娇不语，湿云堆岭腻无声。香肩婀娜许谁凭？（宋方千里《浣溪沙》）

◎新进士尤重樱桃宴。 乾符四年，永宁刘公第二子 覃及第……于是独置是宴，大会公卿。时京国樱桃初出，虽贵达未适口，而覃山积铺席，复和以糖酪者，人享蛮榼一小盎，亦不啻数升。（五代王定保《唐摭言·慈恩寺题名游赏赋咏杂纪》）

◆据徐乾学《通议大夫一等侍卫进士纳兰君墓志铭》："明年（指康熙十二年二月），会试中式，将廷对，患寒疾。太傅曰：'吾子年少，其少俟之。'"此词有"谁整樱桃宴"之语，谓虽已中式而未能参加樱桃宴也，可证当作于十二年三月稍后。

生查子

散帙坐凝尘，吹气幽兰并。
茶名龙凤团，香字鸳鸯饼。

玉局类弹棋，颠倒双栖影。
花月不曾闲，莫放相思醒。

生查子

短焰剔残花，夜久边声寂。
倦舞却闻鸡，暗觉青绫湿。

天水接冥濛，一角西南白。
欲渡浣花溪，远梦轻无力。

◎与司空刘琨俱为司州主簿，情好绸缪，共被同寝。中夜闻荒鸡鸣，蹴琨觉曰："此非恶声也。"因起舞。（《晋书·祖逖传》。此处反用其意。）

生查子

惆怅彩云飞，碧落知何许？

不见合欢花，空倚相思树。

总是别时情，那得分明语。
判得最长宵，数尽厌厌雨。

◎上穷碧落下黄泉，两处茫茫皆不见。（唐白居易《长恨歌》）

◆此词有“惆怅彩云飞，碧落知何许”之语，当作于康熙十六年妻子卢氏去世后。

点绛唇 咏风兰

别样幽芬，更无浓艳催开处。
凌波欲去，且为东风住。

忒煞萧疏，怎耐秋如许？
还留取，冷香半缕，第一湘江雨。

◆据张本标题，此词系为张见阳所画兰花的题词。张见阳于康熙十八年曾任湖南江华县县令，故词中特别提到湘江。

点绛唇 对月

一种蛾眉，下弦不似初弦好。
庾郎未老，何事伤心早？

素壁斜辉，竹影横窗扫。
空房悄，乌啼欲晓，又下西楼了。

◆庾信著有《伤心赋》，其序曰："一女成人，一长孙孩稚，奄然玄壤，何痛如之。既伤即事，追悼前亡，惟觉伤心，遂以伤心为赋。"此词可能作于妻子卢氏死后不久，故有"未老"、"伤心"、"空房"之语。据叶舒崇《皇清纳腊室卢氏墓志铭》，卢氏于康熙十六年五月三十日产后病故。

点绛唇 黄花城早望

五夜光寒，照来积雪平于栈。
西风何限？自起披衣看。

对此茫茫，不觉成长叹。
何时旦？晓星欲散，飞起平沙雁。

◎卫洗马（玠）初欲渡江，形神惨悴，语左右云："见此茫茫，不觉百端交集！"（《世说新语·言语》）

◎从昏饭牛薄夜半，长夜漫漫何时旦？（春秋宁戚《饭牛歌》）

点绛唇

小院新凉，晚来顿觉罗衫薄。
不成孤酌，形影空酬酢。

萧寺怜君，别绪应萧索。
西风恶，夕阳吹角，一阵槐花落。

◎花间一壶酒，独酌无相亲。举杯邀明月，对影成三人。（唐李白《月下独酌》）

◎夕阳吹角最关情。（宋陆游《浣溪沙》）

◆据《通志堂集》附录的姜宸英（西溟）的祭文："于午未间（康熙十七、十八年），我蹶而穷，百忧萃止。是时归兄，馆我萧寺。"此词有"小院新凉"、"萧寺怜君"之语，可能作于康熙十七年秋。十八年秋，姜以母丧南归，纳兰性德又赠以《金缕曲·西溟言别赋此赠之》及《潇湘雨·送西溟归慈溪》。

【附】

点绛唇和成容若韵

陈维崧

并坐燕姬，琵琶膝上圆冰薄。
轻拢浅抹，巧把羁愁豁。

竟去摇鞭，点草霜鬓渴。
西风恶，数声城角，冷雁濛濛落。

浣溪沙

泪浥红笺第几行，唤人娇鸟怕开窗。
那更闲过好时光。

屏障厌看金碧画，罗衣不耐水沉香。
遍翻眉谱只寻常。

浣溪沙

伏雨朝寒愁不胜，那能还傍杏花行？
去年高摘斗轻盈。

漫惹炉烟双袖紫，空将酒晕一衫青。
人间何处问多情？

浣溪沙

谁念西风独自凉，萧萧黄叶闭疏窗。
沉思往事立残阳。

被酒莫惊春睡重，赌书消得泼茶香。
当时只道是寻常。

◎镂玉梳斜云鬓腻，缕金衣透雪肌香，暗思何事立残阳。（五代李珣《浣溪沙》）

◎昨夜酒多春睡重，莫惊他。（宋程垓《愁倚阑》）

◎每饭罢，坐归来堂。烹茶，指堆积书史，言某事在某书某卷，第几页，第几行，以中否胜负为饮茶先后。中则举，否则笑，或至茶覆怀中，不得饮而起。（宋李清照《金石录后序》）

◆黄东甫……《眼儿媚》云："当时不道春无价，幽梦费重寻。"此等语非深于词不能道，所谓词心也。……纳兰容若《浣溪沙》云："被酒莫惊春睡重，赌书消得泼茶香。当时只道是寻常。"即东甫《眼儿媚》句意。酒中茶半，前事伶俜，皆梦痕耳。（清况周颐《蕙风词话》）

◆易祓《喜迁莺》云："记得年时，胆瓶儿畔，曾把牡丹同嗅。"语小而不纤。极不经意之事，信手拈来，便觉旖旎缠绵，令人低徊不尽。纳兰成德《浣溪沙》云："被酒莫惊春睡重，赌书消得泼茶香。当时只道是寻常。"亦复工于写情，视此微嫌词费矣。《喜迁莺》歇拍云："强消遣，把闲愁推入，花前杯酒。"由"举杯消愁"意翻变而出，亦前人所未有。（清况周颐《蕙风词话续编》）

◆辛卯、壬辰间，余客吴门，与子芾、木问素心晨夕，冷吟闲醉，不知有人世升沉也。某夕，漏未三滴，招子芾燕集，不至。卞问得《浣溪沙》前四句，余足成之。“□样词人天样遥。翠衾贪度可怜宵。未应笺管换钗翘。破面春风防粉爪。画眉新月恋香毫。柳颦花笑奈明朝。”翼日，有怡园之约，故歇拍云云。今子芾墓木拱矣。王逸少所谓“俯仰之间，已成陈迹”，成容若所谓“当时只道是寻常”也。（清况周颐《香东漫笔》）

浣溪沙

莲漏三声烛半条，杏花微雨湿轻绡。
那将红豆寄无聊？

春色已看浓似酒，归期安得信如潮。
离魂入夜倩谁招？

◎初，慧远以山中不知更漏，乃取铜叶制器，状如莲花，置盆水之上，底孔漏水，半之则沉，每昼夜十二沉。（唐李肇《唐国史补》）

◎皇州春色浓于酒，醉煞西园歌舞人。（金元好问《西园》）

浣溪沙

消息谁传到拒霜？两行斜雁碧天长。
晚秋风景倍凄凉。

银蒜押帘人寂寂，玉钗敲烛信茫茫。
黄花开也近重阳。

◎木芙蓉八月始开，故名拒霜。（《本草》）

◎睡起画堂，银蒜押帘，珠幕云垂地。（宋苏轼《哨遍》。银蒜：铸成蒜形的银块，用于悬在帘下压重，以免帘子被风吹起。）

浣溪沙

雨歇梧桐泪乍收，遣怀翻自忆从头。
摘花销恨旧风流。

帘影碧桃人已去，屧痕苍藓径空留。
两眉何处月如钩？

◎明皇于禁苑中，初，有千叶桃盛开，帝与贵妃日逐宴于树下。帝曰：“不独萱草忘忧，此花亦能销恨。”（五代王仁裕《开元天宝遗事》卷二《销恨花》）

浣溪沙

西郊冯氏园看海棠，因忆《香严词》有感。

谁道飘零不可怜，旧游时节好花天。
断肠人去自今年。

一片晕红疑着雨，晚风吹掠鬓云偏。
倩魂销尽夕阳前。

◆《香严词》，明末清初词人龚鼎孳的词集《香严斋存稿》的简称，后刊定为《定山堂诗馀》。龚鼎孳，字孝升，号芝麓。安徽合肥人。著有《定山堂集》。冯氏园原址在今北京广安门外小屯。每逢海棠开放，龚鼎孳常与家人亲友前往赏花，性德或亦曾参与其列。《香严词》中有多首词提到看海棠之事。如:“卧倚壁人肩,人花并可怜”(《菩萨蛮》),“火齐才匀,恰是盈盈十五身”(《罗敷媚》)。康熙十二年九月龚氏去世。十三年春性德重往冯氏园看海棠,念及旧游,作此词。细看词题曰“因忆《香严词》有感”,而不曰“忆香严老人”或“忆座师龚孝升”,词句中又有“断肠人”、“晕红”、“鬓云”、“倩魂”等词语,可见作者所忆者,不是龚鼎孳本人,而是《香严词》中提及之璧人。因不便明言,故泛言曰“忆《香严词》”。

◆《侧帽词》有西郊冯氏园看海棠《浣溪沙》云(略),盖忆《香严词》有感作也。王俨斋以为柔情一缕,能令九转回肠,虽山抹微云君不能道也。(清徐釚《词苑丛谈》)

浣溪沙

酒醒香销愁不胜,如何更向落花行?
去年高摘斗轻盈。

夜雨几番销瘦了,繁华如梦总无凭。
人间何处问多情?

浣溪沙

欲问江梅瘦几分,只看愁损翠罗裙。
麝篝衾冷惜馀熏。

可奈暮寒长倚竹,便教春好不开门。
枇杷花下校书人。

◎一夜无眠连晓角,人瘦也,比梅花,瘦几分?(宋程垓《摊破江城子》。此处以江梅喻离去的侍妾沈宛。）

◎万里桥边女校书，枇杷花里闭门居。（唐王建《寄蜀中薛涛校书》。薛涛为唐代名妓，能诗，后世遂称能诗文的妓女为女校书。）

浣溪沙

一半残阳下小楼，朱帘斜控软金钩。
倚阑无绪不能愁。

有个盈盈骑马过，薄妆浅黛亦风流。
见人羞涩却回头。

浣溪沙

睡起惺忪强自支，绿倾蝉鬓下帘时。
夜来愁损小腰肢。

远信不归空伫望，幽期细数却参差。
更兼何事耐寻思？

◎魏文帝宫人绝所爱者，有莫琼树、薛夜来、田尚衣、段巧笑四人，日夕在侧。琼树乃制蝉鬓，缥眇如蝉，故曰蝉鬓。（晋崔豹《古今注·杂注》）

浣溪沙

五月江南麦已稀，黄梅时节雨霏微。
闲看燕子教雏飞。

一水浓阴如罨画，数峰无恙又晴晖。
湔裙谁独上鱼矶。

浣溪沙

残雪凝辉冷画屏，《落梅》横笛已三更。
更无人处月胧明。

我是人间惆怅客，知君何事泪纵横。
断肠声里忆平生。

◎吹笛秋山风月清，谁家巧作断肠声？（唐杜甫《吹笛》）

浣溪沙 咏五更和湘真韵

微晕娇花湿欲流，簟纹灯影一生愁。
梦回疑在远山楼。

残月暗窥金屈戌，软风徐荡玉帘钩。
待听邻女唤梳头。

◆湘真：指明代词人陈子龙，其词集名《湘真阁词》。

◎拔脱金屈戌。（唐李商隐《骄儿》。屈戌：门窗上的环纽，一般用铜制成，故称金屈戌。）

◎管是夜深娇不起，隔帘小婢唤梳头。（清吴伟业《戏赠》）

◆调和意远，似此真不愧大雅矣，古今艳词亦不多见也。惜全篇平平。（清陈廷焯《词则·闲情集》）

【附】

浣溪沙

陈子龙

半枕轻寒泪暗流，愁时如梦梦时愁。
角声初到小红楼。

风动残灯摇绣幕，花笼微月淡帘钩。
陡然旧恨上心头。

浣溪沙

五字诗中目乍成，尽教残福折书生。
手挼裙带那时情。

别后心期和梦杳，年来憔悴与愁并。
夕阳依旧小窗明。

◎矜严时已逗风情，五字诗中目乍成。（明王次回《有赠》）
◎夕阳如有意，长傍小窗明。（唐方棫《失题》）

浣溪沙

记绾长条欲别难，盈盈自此隔银湾。
便无风雪也摧残。

青雀几时裁锦字，玉虫连夜剪春幡。
不禁辛苦况相关。

◎盈盈一水间，脉脉不得语。（《古诗十九首》之十）

◎锦字展来看未足，玉虫挑尽不成眠。（宋杨万里《和范至能参政寄二绝句》。玉虫：指灯花。）

◎立春之日，士大夫之家，剪裁为小幡，或悬于家人之头，或缀于花枝之下。（南朝宗懔《岁时风土记》）

浣溪沙 古北口

杨柳千条送马蹄，北来征雁旧南飞。
客中谁与换春衣？

终古闲情归落照，一春幽梦逐游丝。
信回刚道别多时。

◆《大清一统志·顺天府》四："古北口关，在密云县东北一百二十一里，亦曰虎北口。"为长城隘口之一。据徐乾学所作作者墓志铭，性德曾侍从康熙帝巡幸口外。又据《清实录》，康熙二十二年六月，"癸未，上奉太皇太后出古北口避暑"；又康熙二十三年五月，"丁亥，上出古北口驻跸"。词中有"客中谁与换春衣"之句，当作于二十三年五月，北地春迟，故五月而寒威始消。

浣溪沙

身向云山那畔行，北风吹断马嘶声。
深秋远塞若为情！

一抹晚烟荒戍垒，半竿斜日旧关城。
古今幽恨几时平！

◎半竿残日，两行珠泪，一叶扁舟。（宋张孝祥《眼儿媚》）

◆词中有“深秋远塞”之语，可能作于康熙二十一年八月至十二月赴梭龙侦察时。

浣溪沙

万里阴山万里沙，谁将绿鬓斗霜华？
年来强半在天涯。

魂梦不离金屈戍，画图亲展玉鸦叉。
生怜瘦减一分花。

◎沉忧能伤人，绿鬓成霜蓬。（唐李白《怨歌行》）

◎晓寒瘦减一分花。（明汤显祖《牡丹亭·写真》）

◆作者多次出塞，唯五台山与阴山地区最为接近。作者于康熙二十二年二月及同年九月曾两次扈驾去五台山，此词中有“绿鬓斗霜华”之语，故系于二十二年九月。

浣溪沙　庚申除夜

收取闲心冷处浓，舞裙犹忆柘枝红。
谁家刻烛待春风？

竹叶樽空翻彩燕，九枝灯炧颤金虫。
风流端合倚天公。

◎个人真与梅花似，一片幽香冷处浓。（明王次回《寒词》）

◎乃有荆南乌程，豫北竹叶。（晋张协《七命》。竹叶：酒名。）

◎立春之日，悉剪彩为燕戴之，贴宜春二字。（南朝梁宗懔《荆楚岁时记》）

◎如何一柱观，不碍九枝灯。（唐李商隐《楚宫》。九枝灯：一干九枝的花灯。）

◎掩却菱花，收拾翠钿休上面。金虫玉燕，锁香奁，恨厌厌。（五代顾敻《酒泉子》。金虫：妇女头饰。“竹叶”二句悬想该舞伎此时情景。）

◆庚申为康熙十九年（1680），作者二十六岁。

浣溪沙 红桥怀古和王阮亭韵

无恙年年汴水流，一声《水调》短亭秋。
旧时明月照扬州。

惆怅绛河何处去？绿杨清瘦绾离愁。
至今鼓吹竹西楼。

◎谁家唱《水调》，明月满扬州。（唐杜牧《扬州三首》之一）

◎天下三分明月夜，二分无赖是扬州。（唐徐凝《忆扬州》）

◎谁知竹西路，歌吹是扬州。（唐杜牧《题扬州禅智寺》）

◆红桥：桥名，在江苏扬州市。清吴绮《扬州鼓吹词序红桥》：“在城西北二里，崇祯间形家设以锁水口者。朱栏数丈，远通两岸，虽彩虹卧波，丹蛟截水，不足以喻。而荷香柳色，雕楹曲槛，鳞次环绕，绵亘十馀里……诚一郡之丽观也。”王阮亭，清诗人王士禛之号。阮亭于顺治十七年三月至康熙三年十月之间任扬州府推官，康熙元年春与箨庵（袁于令）诸名士修禊红桥，作《红桥倡和》诗及《浣溪沙》词三首。三词流传颇广，和者甚多。性德所和，是其中第一首词。

【附】

浣溪沙

王士禛

红桥同箨庵、茶村、伯玑、其年、秋岩赋（三首录一）

北郭青溪一带流，红桥风物眼中秋。
绿杨城廓是扬州。

西望雷塘何处是？香魂零落使人愁。
淡烟芳草旧迷楼。

浣溪沙

凤髻抛残秋草生，高梧湿月冷无声。
当时七夕有深盟。

信得羽衣传钿合，悔教罗袜送倾城。
人间空唱《雨淋铃》！

◎玉妃茫然退立，若有所思，徐而言之曰：“昔天宝十载，侍辇避暑骊山宫。秋七月牵牛织女相见之夕，秦人风俗，是夜张锦绣，陈饮食，树瓜华，焚香于庭，号为乞巧，宫掖间尤尚之。夜殆半，休侍卫于东西厢，独侍上。上凭肩而立，因仰天感牛女事，密相誓心，愿世世为夫妇。言毕，执手各呜咽，此独君王知之耳。”（唐陈鸿《长恨歌传》）

◎明皇既幸蜀，西南行，初入斜谷，属霖雨涉旬，于栈道雨中闻铃音，与山相应。上既悼念贵妃，采其声为《雨霖铃》曲以寄恨焉。时梨园子弟善觱篥者，张野狐为第一。此人从至蜀，上因以其曲授野狐。（唐郑处诲《明皇杂录补遗》）

浣溪沙

肠断斑骓去未还，绣屏深锁凤箫寒。
一春幽梦有无间。

逗雨疏花浓淡改，关心芳草浅深难。
不成风月转摧残？

◎绣阁香浓，深锁凤箫声。（宋辛弃疾《江神子》）

◎时世妆梳浓淡改，儿郎情境浅深知。（明王次回《宾于席上徐霞话旧》）

浣溪沙

旋拂轻容写洛神，须知浅笑是深颦。
十分天与可怜春。

掩抑薄寒施软障，抱持纤影藉芳茵。
未能无意下香尘。

浣溪沙

十二红帘窣地深，才移划袜又沉吟。
晚晴天气惜轻阴。

珠衱佩囊三合字，宝钗拢髻两分心。
缘何事湿兰襟？

◎同心罗帕轻藏素，合字香囊半影金。（宋高观国《思佳客》）

浣溪沙

容易浓香近画屏，繁枝影着半窗横。
风波狭路倍怜卿。

未接语言犹怅望，才通商略已瞢腾。
只嫌今夜月偏明。

◎风波狭路惊团扇，风月空庭泣浣衣。（明王次回《代所思别后》）

◎未接语言当面笑，暂同行坐夙生缘。（明王次回《和端己韵》）

◎今日眼波微动处，半通商略半矜持。（明王次回《赋得别梦依依到谢家》）

浣溪沙

十八年来堕世间，吹花嚼蕊弄冰弦。
多情情寄阿谁边？

紫玉钗斜灯影背，红绵粉冷枕函偏。
相看好处却无言。

◎（东方）朔未死时，谓同舍郎曰："天下人无能知朔，知朔者惟太王公耳。"朔卒后，武帝得此语，即召太王公问之曰："尔知东方朔乎？"公曰："不知。""公何所能？"曰："颇善星历。"帝问诸星皆具在否，曰："诸星俱在，独不见岁星十八年，今复见耳。"帝仰天叹曰："东方朔生在朕旁十八年，而不知是岁星哉。"惨然不乐。（《仙吏传·东方朔传》）

◎十八年来堕世间，瑶池归梦碧桃闲。（唐李商隐《曼倩辞》）

◎柳枝，洛中里娘也。……生十七年，涂妆绾髻未尝竟。已复起去，吹叶嚼蕊，调丝擪管，作天海风涛之曲，幽忆怨断之音。（唐李商隐《柳枝序》）

◎是那处曾相见，相看俨然，早难道这好处相逢无一言。（明汤显祖《牡丹亭·惊梦》）

◆叶舒崇《皇清纳腊室卢氏墓志铭》：“年十八，归余同年生成德，姓纳腊氏，字容若。”据词中所云，可推知此词作于康熙十三年作者与卢氏新婚之时。

◆《饮水词》有云“吹花嚼蕊弄冰弦”，又云“乌丝阑纸娇红篆”，容若短调，轻清婉丽，诚如其自道所云。（清况周颐《蕙风词话》）

浣溪沙 寄严荪友

藕荡桥边理钓筩，苎萝西去五湖东。
笔床茶灶太从容。

况有短墙银杏雨，更兼高阁玉兰风。
画眉闲了画芙蓉。

◎春欲尽，昨夜画楼东。暗绿扑帘银杏雨，昏黄扶袖玉兰风。人在小窗中。（清严绳孙《望江南》）

◆《清史列传》卷七十《严绳孙传》：严绳孙，字荪友，江苏无锡人。以诗、古文辞擅名。康熙十八年以布衣举博学鸿儒，授翰林院检讨，与修《明史》。二十二年迁右中允，寻告归。兼工书画，梁溪人争以倪云林目之。四十一年卒，年八十。著有《秋水集》。作者与严结识期间，严曾二度南归。第一次在康熙十五年初夏（高士奇《城北集》卷七有《送严荪友归锡山》诗：“私愿常追随，征车忽首路。是时麦风凉，圆月才半吐。”《城北集》是编年的，其卷七下注“乙卯四月起至丙辰十二月止”。此诗列于卷七之中部，当作于丙辰年麦秋时），于十七年回京准备参加博学鸿儒考试；第二次在康熙二十四年四月（严所作《进士纳兰君哀词》：“吾友成子容若以疾卒于京邸时，余方奉假南归，病暑淹于途次。”“四月，余以将归入辞。……又送我于路，亦终无所复语。然观其意，若有所甚不释者，颇前次之别未尝有。”作者卒于二十四年五月，则严之第二次南归，仅先于作者之死一月）。此词当作于严第一次南归之后，姑系于十六年春夏之间。

浣溪沙

欲寄愁心朔雁边，西风浊酒惨离筵。
黄花时节碧云天。

古戍烽烟迷斥堠，夕阳村落解鞍鞯。
不知征战几人还？

◎碧云天，黄花地，西风紧，北雁南飞。（元王实甫《西厢记·长亭》）

◎醉卧沙场君莫笑，古来征战几人回。（唐王翰《凉州词》二首之一）

◆这首词中有“黄花时节”之语，可知作于九月。作者于九月份出塞有三次：一次是康熙十六年九月扈驾巡边至喜峰口；一次是二十二年九月扈驾至五台山、龙泉关、长城，参见《点绛唇》（五夜光寒）注；另一次是二十一年八月至十二月赴梭龙侦察，参见《长相思》注。此词作期当属后者，因为“夕阳村落解鞍鞯”不像是扈驾出巡的情景；而且由于任务比较危险，所以有“不知征战几人还”的慨叹。

浣溪沙

败叶填溪水已冰，夕阳犹照短长亭。
行来废寺失题名。

驻马客临碑上字，斗鸡人拨佛前灯。
劳劳尘世几时醒？

霜天晓角

重来对酒，折尽风前柳。
若问看花情绪，似当日，怎能够？

休为西风瘦，痛饮频搔首。
自古青蝇白璧，天已早安排就。

◎莫道不销魂，帘卷西风，人比黄花瘦。（宋李清照《醉花阴》）

◎青蝇粪尤能败物，虽玉犹不免，所谓蝇粪点玉是也。（宋陆佃《埤雅》卷十《蝇》）

◎人生固有命，天道信无言。青蝇一相点，白璧遂成冤。（唐陈子昂《宴胡楚真禁所》）

菩萨蛮 回文

雾窗寒对遥天暮，暮天遥对寒窗雾。
花落正啼鸦，鸦啼正落花。

袖罗垂影瘦，瘦影垂罗袖。

风剪一丝红，红丝一剪风。

◎正好伴，水亭风槛，低垂罗袖影。（清朱彝尊《花犯》）

菩萨蛮

隔花才歇廉纤雨，一声弹指浑无语。
梁燕自双归，长条脉脉垂。

小屏山色远，妆薄铅华浅。
独自立瑶阶，透寒金缕鞋。

菩萨蛮

新寒中酒敲窗雨，残香细学秋情绪。
端的是怀人，青衫有泪痕。

相思不似醉，闷拥孤衾睡。
记得别伊时，桃花柳万丝。

菩萨蛮

淡花瘦玉轻妆束，粉融轻汗红绵扑。
妆罢只思眠，江南四月天。

绿阴帘半揭，此景清幽绝。
行度竹林风，单衫杏子红。

◎淡花瘦玉，依约神仙妆束。（五代孙光宪《女冠子》）

◎砌分池水岸，窗度竹林风。（唐祖咏《宴吴王宅》）

◎单衫杏子红，双鬓鸦雏色。（古乐府《西洲曲》）

◆此词有“江南四月天”之句，可能为思念沈宛而作。

菩萨蛮

梦回酒醒三通鼓，断肠啼鴂花飞处。
新恨隔红窗，罗衫泪几行。

相思何处说，空有当时月。
月也异当时，团栾照鬓丝。

◎鶗鴂一名子规，一名杜鹃。（《汉书·扬雄传》注）

◎暗相思，无处说，惆怅夜来烟月。（五代韦庄《应天长》）

菩萨蛮

催花未歇花奴鼓，酒醒已见残红舞。
不忍覆馀觞，临风泪数行。

粉香看欲别，空剩当时月。
月也异当时，凄清照鬓丝。

◎尝遇二月初，诘旦，（唐明皇）巾栉方毕，时当宿雨初晴，景色明丽，小殿内庭柳杏将吐，睹而叹曰：“对此景物，岂得不为他判断之乎？”左右相目，将命备酒。独高力士遣取羯鼓，上旋命之，临轩纵击一曲，曲名《春光好》。神思自得，及顾柳杏，皆已发拆，上指而笑谓嫔御曰：“此

一事不唤我作天公可乎？"（唐南卓《羯鼓录》）

◎玄宗酷不好琴。曾听弹琴，正弄未及毕，叱琴者出，曰："速召花奴将羯鼓来，为我解秽！"（唐南卓《羯鼓录》。花奴：唐汝南王李琎小字。琎善击羯鼓。）

菩萨蛮 早春

晓寒瘦着西南月，丁丁漏箭馀香咽。
春已十分宜，东风无是非。

蜀魂羞顾影，玉照斜红冷。
谁唱《后庭花》，新年忆旧家。

◎花残春寂寂，月落漏丁丁。（唐吴融《个人三十韵》）

菩萨蛮

窗间桃蕊娇如倦，东风泪洗胭脂面。
人在小红楼，离情唱《石州》。

夜来双燕宿，灯背屏腰绿。
香尽雨阑珊，薄衾寒不寒？

◎东南日出照高楼，楼上离人唱《石州》。（唐李商隐《代赠二首》之二）

菩萨蛮

朔风吹散三更雪，倩魂犹恋桃花月。

梦好莫催醒，由他好处行。

无端听画角，枕畔红冰薄。
塞马一声嘶，残星拂大旗。

◎杨贵妃初承恩召，与父母相别，泣涕登车。时天寒，泪结为红冰。（五代王仁裕《开元天宝遗事·红冰》）

菩萨蛮

问君何事轻离别，一年能几团栾月？
杨柳乍如丝，故园春尽时。

春归归不得，两桨松花隔。
旧事逐寒潮，啼鹃恨未消。

◎杨柳又如丝，驿桥春雨时。（唐温庭筠《菩萨蛮》）

◆此词有“春归归不得，两桨松花隔”之句，当作于康熙二十一年三月扈驾巡视东北并祭祀长白山时。

◆《菩萨蛮》云：“杨柳乍如丝，故园春尽时。”亦凄惋，亦闲丽，颇似飞卿语。惜通篇不称。（清陈廷焯《白雨斋词话》）

◆《菩萨蛮》云：“杨柳乍如丝，故园春尽时。”凄惋闲丽，较“驿桥春雨”更进一层。（吴梅《词学通论》）

菩萨蛮 为陈其年题照

《乌丝》曲倩红儿谱，萧然半壁惊秋雨。
曲罢髻鬟偏，风姿真可怜。

须髯浑似戟，时作簪花剧。
背立讶卿卿，知卿无那情。

◆《乌丝》，陈其年最初的词集名《乌丝词》。季振宜《乌丝词序》："使同青鸟，集曰《乌丝》。"蒋景祁《陈检讨词钞序》："计原稿未刻《迦陵词》合《乌丝词》几千八百篇，今选定凡若干首，颜曰《陈检讨词钞》。"

◎广明中，（罗）虬为李孝恭从事。籍中有美歌者杜红儿，虬令之歌，赠以彩。孝恭以红儿为副戎所盼，不令受。虬怒，手刃红儿。既而追其冤，作《比红诗》。（《全唐诗》罗虬《比红儿诗并序》注）

◎公主谓曰："君须髯如戟，何无丈夫意？"（《南史·褚彦回传》。蒋永修《陈检讨迦陵先生传》："其年少清癯，冠而于思，须侵淫及颧准。天下学士大夫号为陈髯。"）

◆《清史列传》卷七十一《陈维崧传》：陈维崧，字其年，江苏宜兴人。年过五十，会开博学鸿儒科，以大学士宋德宜荐，召试列一等。授翰林院检讨，与修《明史》。遂卒，年五十八，时康熙二十七年也。所著《两晋南北史集珍》六卷、《湖海楼诗》八卷、《迦陵文集》十卷、词三十卷。作者与陈其年相识于康熙十七年，同时题照的尚有严绳孙等。清谢章铤《赌棋山庄词话》："《迦陵填词图》为释大汕作，掀髯露顶，旁坐丽人拈洞箫而吹。是图近日有刻本，其中洪稗畦、蒋铅山二套南北曲最佳。昨在都门于袁筱坞（保恒）侍郎处见其原卷，抽妍骋秘，词苑大观也。"

菩萨蛮 宿滦河

玉绳斜转疑清晓，凄凄白月渔阳道。
星影漾寒沙，微茫织浪花。

金笳鸣故垒，唤起人难睡。

无数紫鸳鸯，共嫌今夜凉。

◎茂陵富人袁广汉……于北邙山下筑园，东西四里，南北五里，激流水注其内。构石为山，高十馀丈，连延数里。养白鹦鹉、紫鸳鸯、牦牛、青兕。奇兽怪禽，委积其间。(《西京杂记》)

◎河头浣衣处，无数紫鸳鸯。(唐徐延寿《南州行》)

◆滦河、渔阳均为从北京至山海关所经之地，词中描写秋冬景色，当作于康熙二十一年八月赴梭龙侦察时。滦河，在今河北省东北部。

菩萨蛮

荒鸡再咽天难晓，星榆落尽秋将老。
毡幕绕牛羊，敲冰饮酪浆。

山程兼水宿，漏点清钲续。
正是梦回时，拥衾无限思。

◎梦回远塞荒鸡咽。(明汤显祖《牡丹亭·冥誓》)

◆词中有“漏点清钲续”之句，当是扈驾随行，故系于康熙十六年九月扈驾巡视沿边内外时。参见《浣溪沙》(欲寄愁心朔雁边)注。按作者于十七年十月亦扈驾巡视北边，但按照传统农历，十月应列入冬令，而词句曰“秋将老”，故不从。

菩萨蛮

惊飙掠地冬将半，解鞍正值昏鸦乱。
冰合大河流，茫茫一片愁。

烧痕空极望，鼓角高城上。
明日近长安，客心愁未阑。

◆据徐乾学所作作者墓志铭，“上之幸海子、沙河……及登东岳，幸阙里，省江南，未尝不从”。《清实录》康熙二十三年九月，“丁亥，以圣驾东巡，颁诏天下”。十一月，“庚寅，上回宫”。与此词“冰合大河流”之句时地相符，故系于二十三年十一月。

菩萨蛮

榛荆满眼山城路，征鸿不为愁人住。
何处是长安，湿云吹雨寒。

丝丝心欲碎，应是悲秋泪。
泪向客中多，归时又奈何！

◆词中有“泪向客中多，归时又奈何”之语，当作于妻子卢氏去世后不久。卢氏于康熙十六年五月三十日产后病故。

菩萨蛮

黄云紫塞三千里，女墙西畔啼乌起。
落日万山寒，萧萧猎马还。

笳声听不得，入夜空城黑。
秋梦不归家，残灯落碎花。

◎白雪、黄云，皆唐时戍名。白雪戍在蜀地……黄云戍未详所在。

（唐李白《紫骝马》诗："白雪关山远，黄云海戍迷。"王琦注）

◎晓角分残漏，孤灯落碎花。（唐戎昱《桂州腊夜》）

◆从此词"秋梦不归家"之句看，可能与上一首词作于同一时期。

菩萨蛮 寄顾梁汾苕中

知君此际情萧索，黄芦苦竹孤舟泊。
烟白酒旗青，水村鱼市晴。

柁楼今夕梦，脉脉春寒送。
直过画眉桥，钱塘江上潮。

◆顾梁汾：即顾贞观。《清史列传》卷七十《顾贞观传》：顾贞观，字远平，江苏无锡人。康熙十一年举人，官内阁中书。能诗，尤工乐府。所作《弹指词》，声传海外。作者与顾相识于康熙十五年（顾在和作者《金缕曲》词中附注："岁丙辰，容若二十有二，乃一见即恨识余之晚。"）二十年秋，顾以母丧南归。作者曾托沈尔熿带信给他。在《送沈进士尔熿归吴兴》诗"无限江湖兴，因君寄虎头"中自注："时梁汾在苕上。"按虎头为东晋画家顾恺之小名，借指顾贞观。沈尔熿于康熙二十一年中进士（据《明清进士题名碑录索引》），据诗意，沈是在中进士后当年秋天南归的。此词有"脉脉春寒送"之说，可能作于次年春天。

菩萨蛮

萧萧几叶风兼雨，离人偏识长更苦。
欹枕数秋天，蟾蜍早下弦。

夜寒惊被薄，泪与灯花落。

无处不伤心，轻尘在玉琴。

◎教奴独自守空房，泪珠与灯花共落。（宋花仲胤妻《伊川令寄外》）

◎水玉簪头白角巾，瑶琴寂历拂轻尘。（唐温庭筠《题李处士幽居》）

菩萨蛮

为春憔悴留春住，那禁半霎催归雨。
深巷卖樱桃，雨馀红更娇。

黄昏清泪阁，忍便花飘泊。
消得一声莺，东风三月情。

◎雨横风狂三月暮，门掩黄昏，无计留春住。（宋欧阳修《蝶恋花》）

◎东风负我春三月，我负东风三月春。（宋朱淑真《问春》）

菩萨蛮

晶帘一片伤心白，云鬟香雾成遥隔。
无语问添衣，桐阴月已西。

西风鸣络纬，不许愁人睡。
只是去年秋，如何泪欲流。

◎月去疏帘才数尺，乌鹊惊飞，一片伤心白。（清宋琬《蝶恋花·旅月

怀人》）

菩萨蛮

乌丝画作回文纸，香煤暗蚀藏头字。
筝雁十三双，输他作一行。

相看仍似客，但道休相忆。
索性不还家，落残红杏花。

◆“索性”二句谓妻子信中说了赌气的话：索性不要回家也罢，杏花都落尽了，还回来干什么！此妻子可能实指侍妾沈宛。沈于康熙二十三年冬归性德后，性德仍十分忙碌，除平时需入宫值勤外，还常随康熙帝出巡，或执行任务，在家中的时间很少。故曰“相看仍是客”。

菩萨蛮

阑风伏雨催寒食，樱桃一夜花狼藉。
刚与病相宜，琐窗薰绣衣。

画眉烦女伴，央及流莺唤。
半晌试开奁，娇多直自嫌。

菩萨蛮

春云吹散湘帘雨，絮黏蝴蝶飞还住。
人在玉楼中，楼高四面风。

柳烟丝一把，暝色笼鸳瓦。
休近小阑干，夕阳无限山。

减字木兰花 新月

晚妆欲罢，更把纤眉临镜画。
准待分明，和雨和烟两不胜。

莫教星替，守取团圆终必遂。
此夜红楼，天上人间一样愁。

◆这首词刻意描写新月。首二句用纤眉比喻新月的形状。三、四句说明新月的光线暗淡。五、六句表明虽光线不足，月缺终有月圆的一天，不需要星来代替。末二句以月缺喻人间的离别。谓将来虽有团栾之日，但此时此刻天上人间一样含愁。

减字木兰花

烛花摇影，冷透疏衾刚欲醒。
待不思量，不许孤眠不断肠。

茫茫碧落，天上人间情一诺。
银汉难通，稳耐风波愿始从。

◆此首亦为悼亡之作，从“冷透疏衾”推测，可能作于康熙十六年冬。

减字木兰花

相逢不语，一朵芙蓉着秋雨。
小晕红潮，斜溜鬟心只凤翘。

待将低唤，直为凝情恐人见。
欲诉幽怀，转过回阑叩玉钗。

减字木兰花

从教铁石，每见花开成惜惜。
泪点难消，滴损苍烟玉一条。

怜伊太冷，添个纸窗疏竹影。
记取相思，环佩归来月下时。

◎余尝慕宋广平（璟）之为相，贞姿劲质，刚态毅状，疑其铁肠石心，不解吐婉媚辞。然观其作《梅花赋》，清便富艳，得南朝徐庾体，殊不类其为人。（唐皮日休《桃花赋序》）

◎昭君不惯胡沙远，但暗忆江南江北。想佩环月夜归来，化作此花幽独。（宋姜夔《疏影》）

减字木兰花

断魂无据，万水千山何处去？
没个音书，尽日东风上绿除。

故园春好，寄语落花须自扫。

莫更伤春，同是恹恹多病人。

◎千山万水不曾行，魂梦欲教何处觅。（五代韦庄《木兰花》）

◎把酒送春惆怅在，年年三月病恹恹。（唐韩偓《春尽日》）

减字木兰花

花丛冷眼，自惜寻春来较晚。
知道今生，知道今生那见卿！

天然绝代，不信相思浑不解。
若解相思，定与韩凭共一枝。

◎太和末，（杜）牧自御史出佐宣州幕，虽所至辄游，终无属意。因游湖州，得鸦头女十馀岁，惊为国色。因语其母，将接至舟中。母女皆惧。牧曰："且不即纳，当为后期，吾不十年，必守此郡。不来，乃从尔所适。"母许诺，为盟而别。故牧归，颇以湖州为念。寻拜黄州、池州、睦州，皆非意也。牧与周墀善，会墀为相，乃并以三笺，求守湖州。大中三年，始授湖州刺史，则已十四年矣。所约者已从人三载，而生二子。牧乃为诗曰："自是寻春去较迟，不须惆怅怨芳时。狂风落尽深红色，绿叶成阴子满枝。"（唐于邺《扬州梦记》）

◎宋康王舍人韩凭，娶妻何氏美。康王夺之。凭怨，王囚之……凭乃自杀。其妻乃阴腐其衣，王与之登台，妻遂自投台。左右揽之，衣不中手而死。遗书于带曰："……愿以尸骨赐凭合葬。"王怒，弗听，使里人埋之，冢相望也，曰："尔夫妇相爱不已，若能使冢合，则吾弗阻也。"宿昔之间，便有大梓木生于二冢之端，旬日而大盈抱，屈体相就，根交于下，枝错于上。又有鸳鸯，雌雄各一，恒栖树上，晨夕不去，交颈悲鸣，音声感人。宋人哀之，遂号其木曰相思树，相思之名起于此也。南人谓此禽即韩

凭夫妇之精魂。（晋干宝《搜神记》卷十一）

卜算子 新柳

娇软不胜垂，瘦怯那禁舞。
多事年年二月风，剪出鹅黄缕。

一种可怜生，落日和烟雨。
苏小门前长短条，即渐迷行处。

◎不知细叶谁裁出，二月春风似剪刀。（唐贺知章《咏柳》）

◎杨柳董家桥，鹅黄万万条。（明杨维桢《杨柳词》）

◎苏小门前柳万条，毵毵金线拂平桥。（唐温庭筠《杨柳枝八首》之三）

卜算子 塞梦

塞草晚才青，日落箫笳动。
慽慽凄凄入夜分，催度星前梦。

小语绿杨烟，怯踏银河冻。
行尽关山到白狼，相见唯珍重。

◎生性独行无那，此夜星前一个。（明汤显祖《牡丹亭·魂游》）

◎“催度”句谓催促引度妻子的梦魂来到边塞，与自己相会。

◆词中有“行尽关山到白狼”之语，可能作于康熙二十一年三月至四月扈驾东出山海关去盛京时。

卜算子 午日

村静午鸡啼，绿暗新阴覆。
一展轻帘出画墙，道是端阳酒。

早晚夕阳蝉，又噪长堤柳。
青鬓长青自古谁，弹指黄花九。

◎金乌长飞玉兔走，青鬓长青古无有。（唐韩琮《春愁》）

卷　二

采桑子

彤云久绝飞琼字，
人在谁边？人在谁边？
今夜玉清眠不眠？

香销被冷残灯灭，
静数秋天，静数秋天，
又误心期到下弦。

◎四人天外曰三清境，玉清、太清、上清，亦名三天。（《灵宝太乙经》。此处“玉清”可能借指皇宫。据清人笔记，作者曾爱过一个宫女。参阅蒋瑞藻《小说考证》卷七转引《海沤闲话》，以及李勖编注《饮水词笺》转引胡刊本《饮水诗词集》中的鹏图跋、唯我跋。）

◎被冷香销新梦觉，不许愁人不起。（宋李清照《念奴娇》）

采桑子

谁翻乐府凄凉曲？
风也萧萧，雨也萧萧，
瘦尽灯花又一宵。

不知何事萦怀抱，

醒也无聊，醉也无聊，
梦也何曾到谢桥。

◆哀婉沉着。（清陈廷焯《词则·别调集》）

采桑子

严宵拥絮频惊起，扑面霜空。
斜汉朦胧，冷逼毡帷火不红。

香篝翠被浑闲事，回首西风。
数尽残钟，一穟灯花似梦中。

采桑子

冷香萦遍红桥梦，梦觉城笳。
月上桃花，雨歇春寒燕子家。

箜篌别后谁能鼓，肠断天涯。
暗损韶华，一缕茶烟透碧纱。

采桑子 咏春雨

嫩烟分染鹅儿柳，一样风丝。
似整如欹，才着春寒瘦不支。

凉侵晓梦轻蝉腻，约略红肥。
不惜葳蕤，碾取名香作地衣。

采桑子 塞上咏雪花

非关癖爱轻模样，冷处偏佳。
别有根芽，不是人间富贵花。

谢娘别后谁能惜，飘泊天涯。
寒月悲笳，万里西风瀚海沙。

◎悠悠扬扬，做尽轻模样。（宋孙道绚《清平乐·雪》）

◆此词有“万里西风瀚海沙”之句，按时令当在九月，地点应近大漠，姑系于康熙十九年九月扈驾至五台山时。

采桑子

桃花羞作无情死，感激东风。
吹落娇红，飞入窗间伴懊侬。

谁怜辛苦东阳瘦，也为春慵。
不及芙蓉，一片幽情冷处浓。

◎隆昌元年，（沈约）除吏部郎，出为东阳太守。……以书陈情于（徐）勉，言己老病，十日数旬，革带常应移孔，以手握臂，率计月小半分。（《南史·沈约传》。东阳：地名，在浙江省，此指沈约。）

◎为凭何逊休联句，瘦尽东阳姓沈人。（唐李商隐《韩冬郎即席为诗相送一座尽惊他日余方追吟连宵侍坐徘徊久之句有老成之风因成二绝寄酬兼呈畏之员外》之二）

采桑子

拨灯书尽红笺也，依旧无聊。
玉漏迢迢，梦里寒花隔玉箫。

几竿修竹三更雨，叶叶萧萧。
分付秋潮，莫误双鱼到谢桥。

◎金阙乍看迎日丽，玉箫遥听隔花微。（唐司空曙《送王尊师归湖州》）

◎梧桐树，三更雨，不道离情正苦。一叶叶，一声声，空阶滴到明。（唐温庭筠《更漏子》）

采桑子

凉生露气湘弦润，暗滴花梢。
帘影谁摇，燕蹴风丝上柳条。

舞馀镜匣开频掩，檀粉慵调。
朝泪如潮，昨夜香衾觉梦遥。

采桑子

土花曾染湘娥黛，铅泪难消。
清韵谁敲，不是犀椎是凤翘。

只应长伴端溪紫，割取秋潮。
鹦鹉偷教，方响前头见玉箫。

◎蔡确贬新州，侍儿名琵琶者随之。有鹦鹉甚慧，公每叩响板，鹦鹉传呼琵琶。后卒，误触响板，鹦鹉犹呼不已。公怏怏不乐，有诗云："鹦鹉言犹在，琵琶事已非。伤心瘴江水，同渡不同归。"（《渊鉴类函》卷四百二十一《鸟部》四引《青林诗话》）

◎唐韦皋少游江夏，馆于姜氏。姜令小青衣玉箫祗侍，因渐有情。韦归，七年不至，玉箫遂绝食死。后再世，仍为韦侍妾。（见《云溪友议》。此处"玉箫"指死去女子。）

◎"鹦鹉"二句回忆过去，令人产生睹物思人的悲痛。

采桑子

谢家庭院残更立，燕宿雕梁。
月度银墙，不辨花丛那辨香。

此情已自成追忆，零落鸳鸯。
雨歇微凉，十一年前梦一场。

◎寒轻夜浅绕回廊，不辨花丛暗辨香。（唐元稹《杂忆五首》之三）
◎此情可待成追忆，只是当时已惘然。（唐李商隐《锦瑟》）

采桑子

而今才道当时错，心绪凄迷。
红泪偷垂，满眼春风百事非。

情知此后来无计，强说欢期。
一别如斯，落尽梨花月又西。

◎古来成败难描摸，而今却悔当时错。（宋刘克庄《忆秦娥》）

◎“情知”两句谓明知沈宛去后不可能再回来，还勉强说将来有重叙旧情之日。

◆此首与下一首可能为思念沈宛而作。

采桑子

明月多情应笑我，笑我如今。
孤负春心，独自闲行独自吟。

近来怕说当时事，结遍兰襟。
月浅灯深，梦里云归何处寻？

◎别来长记西楼事，结遍兰襟。遗恨重寻，弦断相如绿绮琴。（宋晏幾道《采桑子》。结遍兰襟，谓情分深切。）

◎犹记那回庭院，依前月浅灯深。（宋晏幾道《清平乐》）

谒金门

风丝袅，水浸碧天清晓。
一镜湿云青未了，雨晴春草草。

梦里轻螺谁扫？帘外落花红小。
独睡起来情悄悄，寄愁何处好？

◎水浸碧天风皱浪，菱花荇蔓随双桨。（宋欧阳修《蝶恋花》）

好事近

帘外五更风，消受晓寒时节。
刚剩秋衾一半，拥透帘残月。

争教清泪不成冰，好处便轻别。
拟把伤离情绪，待晓寒重说。

好事近

马首望青山，零落繁华如此。
再向断烟衰草，认藓碑题字。

休寻折戟话当年，只洒悲秋泪。
斜日十三陵下，过新丰猎骑。

◎折戟沉沙铁未销，自将磨洗认前朝。（唐杜牧《赤壁》）

◎“十三陵”代表前朝，“新丰”比喻新朝，谓前朝皇帝的陵园，已成了新朝皇族的游猎之所。

◆康熙十五年十月作者曾扈驾到昌平祭祀十三陵。据《清实录》，康熙十五年十月，“戊午……幸昌平。过前明十三陵。上一一躬亲酹酒”。十三陵就在北京城郊，性德往游的机会甚多，因此本词也可能作于康熙十五年以前。

好事近

何路向家园，历历残山剩水。
都把一春冷淡，到麦秋天气。

料应重发隔年花，莫问花前事。
纵使东风依旧，怕红颜不似。

◎（后主李煜）又尝与后移植梅花于瑶光殿之西，及花时而后已殂，因成诗见意……又云：失却烟花主，东风自不知。清香更何用，犹发去年枝。（宋马令《南唐书》卷六《后主昭惠周后传》）

◆词中有“麦秋天气”及“料应重发隔年花……怕红颜不似”之语，可能作于妻子死后的第二年初夏。作者妻子卢氏于康熙十六年五月三十日产后病故，故此词当作于十七年。据《清实录》，康熙十七年五月，“乙巳，上至巩华城”，“甲寅，上幸西郊观禾”，又据徐乾学所作作者墓志铭，“上之幸……西山、汤泉及畿辅……未尝不从”，可证此词当作于十七年五月。

一络索 长城

野火拂云微绿，西风夜哭。
苍茫雁翅列秋空，忆写向屏山曲。

山海几经翻覆，女墙斜矗。
看来费尽祖龙心，毕竟为谁家筑。

◆词中有“西风夜哭。苍茫雁翅列秋空”之语，描写的是秋景。作者于秋天出塞共有三次，参见前《浣溪沙》（欲寄愁心朔雁边）注。此词之“看来费尽祖龙心，毕竟为谁家筑”，与卷五《浣溪沙·姜女祠》之“六王如梦祖龙非”意思相同，可能同作于二十一年八月去梭龙时。参见后《浣溪沙》（海色残阳影断霓）注。

一络索

过尽遥山如画，短衣匹马。
萧萧木落不胜秋，莫回首斜阳下。

别是柔肠萦挂，待归才罢。
却愁拥髻向灯前，说不尽离人话。

◎无边落木萧萧下，不尽长江滚滚来。（唐杜甫《登高》）

◎通德（伶玄妾）占袖，顾视烛影，以手拥髻，凄然泣下，不胜其悲。（汉伶玄《飞燕外传》附《伶玄自叙》）

◎又说向、灯前拥髻，暗滴鲛珠坠。（宋刘辰翁《宝鼎现》）

◆作者于秋天出塞有三次，两次是扈驾出巡，另一次是二十一年八月至十二月赴梭龙侦察。参见前《浣溪沙》（欲寄愁心朔雁边）注。此词有“短衣匹马”之语，不像是扈驾而行。姑系于二十一年秋。

一络索 雪

密洒征鞍无数，冥迷远树。
乱山重叠杳难分，似五里濛濛雾。

惆怅琐窗深处，湿花轻絮。
当时悠扬得人怜，也都是浓香助。

清平乐

烟轻雨小，望里青难了。
一缕断虹垂树杪，又是乱山残照。

凭高目断征途，暮云千里平芜。
日夜河流东下，锦书应记双鱼。

◎暮云千里色，无处不伤心。（唐荆叔《题慈恩塔》）

清平乐

青陵蝶梦，倒挂怜么凤。
褪粉收香情一种，栖傍玉钗偷共。

愔愔镜阁飞蛾，谁传锦字秋河？
莲子依然隐雾，菱花偷惜横波。

◎青陵台在开封府封丘县界。（《明一统志》。青陵台韩凭夫妇化蝶的典故，见前《减字木兰花》（花丛冷眼）注。）

◎昔者庄周梦为胡蝶，栩栩然胡蝶也……俄然觉，则蘧蘧然周也。不知周之梦为胡蝶与，胡蝶之梦为周与？（《庄子·齐物论》）

◎倒挂，即绿毛么凤，性极驯，好集美人钗上。日闻好香，则收藏尾翼间，夜则张翼以放香。（《名物通》）

◎么凤，惠州梅花上珍禽，名倒挂子，似绿毛凤而小，其矢亦香，俗人蓄之帐中。东坡《西江月》云“倒挂绿毛么凤”是也。（清沈雄《古今词话》）

◎“青陵”二句谓自己梦想如韩凭化蝶，也喜欢倒挂的么凤。

◎杨东山言《道藏经》云：蝶交则粉退，蜂交则黄退。周美成词云“蝶粉蜂黄浑退了”，正用此也。（宋罗大经《鹤林玉露》卷十四）

清平乐

将愁不去，秋色行难住。
六曲屏山深院宇，日日风风雨雨。

雨晴篱菊初香，人言此日重阳。
回首凉云暮叶，黄昏无限思量。

◎六曲，十二扇也，以十二扇叠作六曲。（唐李贺《屏风曲》“团回六曲抱膏兰”清王琦注）

清平乐

凄凄切切，惨淡黄花节。
梦里砧声浑未歇，那更乱蛩悲咽。

尘生燕子空楼，抛残弦索床头。
一样晓风残月，而今触绪添愁。

◎燕子楼在江苏徐州市。唐贞元中，张尚书镇徐州，筑楼以居家妓关盼盼。张死后，盼盼不嫁，居此楼十馀年。张尚书旧传为张建封，后人考证为建封之子愔。

◎燕子楼空，暗尘锁一床弦索。（宋周邦彦《解连环》）

◎今宵酒醒何处？杨柳岸、晓风残月。（宋柳永《雨霖铃》）

◆观词意，此首亦为悼亡之作。

清平乐　忆梁汾

才听夜雨，便觉秋如许。
绕砌蛩螿人不语，有梦转愁无据。

乱山千叠横江，忆君游倦何方。
知否小窗红烛，照人此夜凄凉。

◎怎不思量，除梦里有时曾去。无据。和梦也有时不做。（宋赵佶《燕山亭》）

◎只有琐窗红蜡，照人犹自销魂。（宋周紫芝《清平乐》）

清平乐

塞鸿去矣，锦字何时寄？
记得灯前佯忍泪，却问明朝行未。

别来几度如珪，飘零落叶成堆。
一种晓寒残梦，凄凉毕竟因谁？

◆此词有“塞鸿去矣，锦字何时寄”及“别来几度如珪”之语，当作于康熙二十三年十一月。作者于九月扈驾南巡，至此已将近三个月。参阅前《菩萨蛮》（惊飙掠地冬将半）注。

清平乐

风鬟雨鬓，偏是来无准。
倦倚玉阑看月晕，容易语低香近。

软风吹过窗纱，心期便隔天涯。
从此伤春伤别，黄昏只对梨花。

◎勾引行人添别恨，因是语低香近。（宋晏幾道《清平乐》）

清平乐 秋思

凉云万叶，断送清秋节。
寂寂绣屏香篆灭，暗里朱颜消歇。

谁怜照影吹笙，天涯芳草关情。
懊恼隔帘幽梦，半床花月纵横。

清平乐 弹琴峡题壁

泠泠彻夜，谁是知音者？
如梦前朝何处也，一曲边愁难写。

极天关塞云中，人随雁落西风。
唤取红襟翠袖，莫教泪洒英雄。

◎关塞极天唯鸟道，江湖满地一渔翁。（唐杜甫《秋兴八首》其七）

◎倩何人唤取，红巾翠袖，揾英雄泪。（宋辛弃疾《水龙吟》）

◆《大清一统志·顺天府》二：“弹琴峡，在昌平州西北居庸关内，水流石罅，声若弹琴。”此词可能作于康熙十五年十月扈驾到昌平时。

清平乐 元夜月蚀

瑶华映阙，烘散蓂墀雪。
比似寻常清景别，第一团栾时节。

影娥忽泛初弦，分辉借与宫莲。
七宝修成合璧，重轮岁岁中天。

◎太和中，郑仁本表弟……游嵩山……见一人布衣甚洁白，枕一襆物方眠熟，即呼之。……其人笑曰："君知月乃七宝合成乎？月势如丸，其影，日烁其凸处也。常有八万二千户修之，予即一数。"因开襆，有斤凿数事。（唐段成式《酉阳杂俎》前集一《天咫》）

忆秦娥 龙潭口

山重叠，悬崖一线天疑裂。
天疑裂，断碑题字，古苔横啮。

风声雷动鸣金铁，阴森潭底蛟龙窟。
蛟龙窟，兴亡满眼，旧时明月。

◆龙潭口在今辽宁省铁岭市境内。此词当作于康熙二十一年春扈驾巡视辽东时。

忆秦娥

春深浅，一痕摇漾青如剪。
青如剪，鹭鸶立处，烟芜平远。

吹开吹谢东风倦，缃桃自惜红颜变。
红颜变，兔葵燕麦，重来相见。

◎草浅浅，春如剪。（唐温庭筠《春野行》）

◎东风本是开花信，及至花时风更紧。吹开吹谢苦匆匆，春意到头无处问。（宋欧阳修《玉楼春》）

◎居十年，召至京师。人人皆言有道士手植仙桃，满观如红霞，遂有前篇，以志一时之事。旋又出牧，今十有四年，复为主客郎中。重游玄都观，荡然无复一树，唯兔葵燕麦，动摇于春风耳。（唐刘禹锡《再游玄都观绝句诗引》）

◎“红颜变”三句谓旧地重来，不禁有前度刘郎之感。

忆秦娥

长飘泊，多愁多病心情恶。
心情恶，模糊一片，强分哀乐。

拟将欢笑排离索，镜中无奈颜非昨。
颜非昨，才华尚浅，因何福薄？

阮郎归

斜风细雨正霏霏，画帘拖地垂。
屏山几曲篆烟微，闲庭柳絮飞。

新绿密，乱红稀。乳莺残日啼。
春寒欲透缕金衣，落花郎未归。

◎菊冷露微微，看看湿透缕金衣。（五代顾敻《荷叶杯》）

画堂春

一生一代一双人，争教两处销魂。
相思相望不相亲，天为谁春？

浆向蓝桥易乞，药成碧海难奔。
若容相访饮牛津，相对忘贫。

◎相怜相念倍相亲，一生一代一双人。（唐骆宾王《代女道士王灵妃赠道士李荣》）

◎故人故情怀故宴，相望相思不相见。（唐王勃《寒夜怀友杂体二首》之二）

◎秀才裴航途经蓝桥驿，口渴求饮。老妪命女云英饮以琼浆。裴欲娶云英为妻。老妪告裴，需以玉杵臼为聘。裴访得玉杵臼，与云英捣药百日，药成成仙。（见唐裴硎《传奇》。蓝桥，在陕西蓝田县东南蓝溪上。）

◎常娥应悔偷灵药，碧海青天夜夜心。（唐李商隐《常娥》）

◎旧说云，天河与海通。近世有人居海渚者，年年八月有浮槎去来不失期。人有奇志，立飞阁于槎上，多赍粮乘槎而去……奄至一处，有城郭状，屋舍甚严，遥望宫中多织妇，见一丈夫牵牛渚次饮之。牵牛人乃惊问曰："何由至此？"此人具说来意，并问此是何处。答曰："君还至蜀郡，访严君平则知之。"……后至蜀，问君平，曰："某年月日客星犯牵牛宿。计年月，正是此人到天河时也。"（晋张华《博物志·杂说》）

眼儿媚

独倚春寒掩夕霏，清露泣铢衣。

玉箫吹梦，金钗画影，悔不同携。

刻残红烛曾相待，旧事总依稀。
料应遗恨，月中教去，花底催归。

眼儿媚

重见星娥碧海槎，忍笑却盘鸦。
寻常多少，月明风细，今夜偏佳。

休笼彩笔闲书字，街鼓已三挝。
烟丝欲袅，露光微泫，春在桃花。

眼儿媚 咏梅

莫把琼花比淡妆，谁似白霓裳。
别样清幽，自然标格，莫近东墙。

冰肌玉骨天分付，兼付与凄凉。
可怜遥夜，冷烟和月，疏影横窗。

◎玉骨冰肌天所赋，似与神仙，来作烟霞侣。（宋李之仪《蝶恋花》）

◎疏影横斜水清浅，暗香浮动月黄昏。（宋林逋《山园小梅二首》之一）

朝中措

蜀弦秦柱不关情，尽日掩云屏。

已惜轻翎退粉，更嫌弱絮为萍。

东风多事，馀寒吹散，烘暖微醒。
看尽一帘红雨，为谁亲系花铃？

◎别随秦柱促，愁为蜀弦幺。（唐唐彦谦《汉代》）

◎况是青春日将暮，桃花乱落如红雨。（唐李贺《将进酒》）

◎天宝初，宁王日侍，好声乐。风流蕴藉，诸王弗如也。至春时，于后园中纫红丝为绳，密缀金铃，系于花梢之上，每有鸟鹊集，则令园吏掣铃索以惊之，盖惜花之故也。诸宫皆效之。（五代王仁裕《开元天宝遗事·花上金铃》）

摊破浣溪沙

林下荒苔道韫家，生怜玉骨委尘沙。
愁向风前无处说，数归鸦。

半世浮萍随逝水，一宵冷雨葬名花。
魂是柳绵吹欲碎，绕天涯。

◎玉郎还是不还家，教人魂梦逐杨花，绕天涯。（五代顾夐《虞美人》）

摊破浣溪沙

风絮飘残已化萍，泥莲刚倩藕丝萦。
珍重别拈香一瓣，记前生。

人到情多情转薄，而今真个悔多情。
又到断肠回首处，泪偷零。

◎船头折藕丝暗牵，藕根莲子相留连。（唐温庭筠《张静婉采莲曲》）

◎“风絮”二句谓妻子虽已死去，而旧情未断。与下一首均为悼亡之作。

摊破浣溪沙

欲语心情梦已阑，镜中依约见春山。
方悔从前真草草，等闲看。

环佩只应归月下，钿钗何意寄人间。
多少滴残红蜡泪，几时干？

◎别后两眉尖，欲说还休梦已阑。（宋辛弃疾《南乡子·舟中记梦》）

摊破浣溪沙

小立红桥柳半垂，越罗裙飏缕金衣。
采得石榴双叶子，欲遗谁？

便是有情当落月，只应无伴送斜晖。
寄语东风休着力，不禁吹。

摊破浣溪沙

一霎灯前醉不醒，恨如春梦畏分明。
淡月淡云窗外雨，一声声。

人到情多情转薄，而今真个不多情。
又听鹧鸪啼遍了，短长亭。

摊破浣溪沙

昨夜浓香分外宜，天将妍暖护双栖。
桦烛影微红玉软，燕钗垂。

几为愁多翻自笑，那逢欢极却含啼。
央及莲花清漏滴，莫相催。

◎悔多翻自笑，怨极不能羞。（明王次回《繄绪三十二韵》）

青衫湿　悼亡

近来无限伤心事，谁与话长更？
从教分付，绿窗红泪，早雁初莺。

当时领略，而今断送，总负多情。
忽疑君到，漆灯风飐，痴数春星。

◎应恨客程归未得，绿窗红泪冷娟娟。（唐李郢《为妻作生日寄意》）

◎也知此后风情减，只悔从前领略疏。（明王次回《予怀》）

◆此词写于康熙十七年七月作者的妻子卢氏落葬后不久。

落花时

夕阳谁唤下楼梯，一握香荑。
回头忍笑阶前立，总无语也相宜。

相思直恁无凭据，休说相思。
劝伊好向红窗醉，须莫及落花时。

◆按此调《谱》、《律》不载，疑亦自度曲。一本作《好花时》。

◎相思本是无凭语，莫向花笺费泪行。（宋晏幾道《鹧鸪天》）

锦堂春 秋海棠

帘外淡烟一缕，墙阴几簇低花。
夜来微雨西风里，无力任欹斜。

仿佛个人睡起，晕红不着铅华。
天寒翠袖添凄楚，愁近欲栖鸦。

◎昔有妇人，思所欢不见，辄涕泣，恒洒泪于北墙之下。后洒处生草，其花甚媚，色如妇面，其叶正绿反红，秋开，名曰断肠花，又名八月春，即今秋海棠也。（元伊世珍《琅嬛记》卷中引《采兰杂志》）

◎明皇登沉香亭，召妃子。妃子时卯醉未醒，命力士使侍儿扶掖而至。妃子醉颜残妆，钗横鬓乱，不能再拜。明皇笑曰："是岂妃子醉，直海棠睡未醒耳。"（《太真外传》）

◎天寒翠袖薄，日暮倚修竹。（唐杜甫《佳人》）

海棠春

落红片片浑如雾，不教更觅桃源路。
香径晚风寒，月在花飞处。

蔷薇影暗空凝伫，任碧飐轻衫萦住。
惊起早栖鸦，飞过秋千去。

河渎神

风紧雁行高，无边落木萧萧。
楚天魂梦与香销，青山暮暮朝朝。

断续凉云来一缕，飘堕几丝灵雨。
今夜冷红浦溆，鸳鸯栖向何处？

◎《诗经·鄘风·定之方中》："灵雨既零。"笺："灵，善也。"

河渎神

凉月转雕阑，萧萧木叶声干。
银灯飘箔琐窗间，枕屏几叠秋山。

朔风吹透青缣被，药炉火暖初沸。
清漏沉沉无寐，为伊判得憔悴。

◎空阶下，木叶飘零，飒飒声干，狂风乱扫。（宋柳永《倾杯》）

◎无奈药炉初欲沸，梦中已作殷雷声。（明王次回《述妇病怀》）

◎衣带渐宽终不悔，为伊消得人憔悴。（宋柳永《凤栖梧》）

太常引 自题小照

西风乍起峭寒生，惊雁避移营。
千里暮云平，休回首长亭短亭。

无穷山色，无边往事，一例冷清清。
试倩玉箫声，唤千古英雄梦醒。

◎回看射雕处，千里暮云平。（唐王维《观猎》）

◎长亭回首短亭遥。（宋欧阳修《浪淘沙》）

◆作者有多幅画像，其中一幅是出塞图。姜宸英《题容若出塞图》诗二首："一行秋雁促归程，千里山河感慨深。半鞞吟鞭望天末，白沙空碛少人行。""奉使曾经葱岭回，节毛暗落白龙堆。新词烂漫谁收得？更与辛勤渡海来。"吴天章《题楞伽出塞图》："出关塞草白，立马心独伤。秋风吹雁影，天际正茫茫。岂念衣裳薄，还惊鬓发苍。金关千里月，中夜拂流黄。"性德别号楞伽山人。这几首诗与此词所叙时地景物极相似。据此可以推测此词所题即出塞图。

太常引

晚来风起撼花铃，人在碧山亭。
愁里不堪听，那更杂泉声雨声。

无凭踪迹，无聊心绪，谁说与多情。
梦也不分明，又何必催教梦醒。

◆又《太常引》云：“梦也不分明，又何必催教梦醒。”亦颇凄警。然意境已落第二乘。（清陈廷焯《白雨斋词话》）

◆凄切语亦是放达语。（清陈廷焯《词则·别调集》）

◆容若《太常引》词云：“梦也不分明，又何必催教梦醒。”竹垞《沁园春》词云：“沉吟久，怕重来不见，见又魂消。”二词缠绵往复，郭子玄何必减庾子嵩。（清张德瀛《词征》）

四犯令

麦浪翻晴风飐柳，已过伤春候。
因甚为他成僝僽，毕竟是春拖逗。

红药阑边携素手，暖语浓于酒。
盼到园花铺似绣，却更比春前瘦。

◎药阑东，药阑西，记得当时素手携，弯弯月似眉。（宋赵长卿《长相思》。红药，即芍药。）

添字采桑子

闲愁似与斜阳约，
红点苍苔，蛱蝶飞回。
又是梧桐新绿影，上阶来。

天涯望处音尘断，

花谢花开，懊恼离怀。
空压钿筐金线缕，合欢鞋。

◆按此调《词律》不载，《词谱》有《促拍采桑子》，字同句异。一本作《采花》。

荷叶杯

帘卷落花如雪，烟月。
谁在小红亭？
玉钗敲竹乍闻声，风影略分明。

化作彩云飞去，何处？
不隔枕函边。
一声将息晓寒天，肠断又今年。

◎自把玉钗敲砌竹，清歌一曲月如霜。（唐高适《听张立本女吟》）
◎彩云飞：见前《生查子》（惆怅彩云飞）注。

荷叶杯

知己一人谁是？已矣。
赢得误他生。
多情终古似无情，莫问醉耶醒。

未是看来如雾，朝暮。
将息好花天。
为伊指点再来缘，疏雨洗遗钿。

◎海外徒闻更九州，他生未卜此生休。（唐李商隐《马嵬》）

◎多情却似总无情，惟觉尊前笑不成。（唐杜牧《赠别》）

◎再来缘：用韦皋、玉箫事。见前《采桑子》（土花曾染湘娥黛）注。

◎元夕至夜阑，有持小灯照路拾遗者，谓之扫街。遗钿堕珥，往往得之。（《咸淳岁时记》）

◆此亦为悼亡之作。

寻芳草　萧寺纪梦

客夜怎生过？梦相伴绮窗吟和。
薄嗔佯笑道，若不是恁凄凉，
肯来么？

来去苦匆匆，准拟待晓钟敲破。
乍偎人一闪灯花堕，却对着琉璃火。

菊花新　送张见阳令江华

愁绝行人天易暮，行向鹧鸪声里住。
渺渺洞庭波，木叶下楚天何处？

折残杨柳应无数，趁离亭笛声催度。
有几个征鸿相伴也，送君南去。

◆张纯修，字子敏，号见阳，溴阳人，隶汉军正白旗。康熙十八年任江华县令。本词当作于此年。江华县在湖南省。

◎袅袅兮秋风，洞庭波兮木叶下。（战国屈原《九歌·湘夫人》）

南歌子

翠袖凝寒薄，帘衣入夜空。
病容扶起月明中，惹得一丝残篆旧熏笼。

暗觉欢期过，遥知别恨同。
疏花已是不禁风，那更夜深清露湿愁红。

南歌子

暖护樱桃蕊，寒翻蛱蝶翎。
东风吹绿渐冥冥，不信一生憔悴伴啼莺。

素影飘残月，香丝拂绮棂。
百花迢递玉钗声，索向绿窗寻梦寄馀生。

◆此词亦为悼亡之作。卢氏死于康熙十六年五月，而词中有“东风吹绿”之句，可能作于次年暮春。

◎“素影”三句写幻觉。

南歌子 古戍

古戍饥乌集，荒城野雉飞。
何年劫火剩残灰，试看英雄碧血满龙堆。

玉帐空分垒，金笳已罢吹。
东风回首尽成非，不道兴亡命也岂人为。

◆词中有“龙堆”及“东风回首”之语，可能作于康熙二十二年二月扈驾去五台山、长城岭、龙泉关时。

秋千索

药阑携手销魂侣，争不记看承人处。
除向东风诉此情，奈竟日春无语。

悠扬扑尽风前絮，又百五韶光难住。
满地梨花似去年，却多了廉纤雨。

◆按此调《谱》、《律》不载，或亦自度曲。一本作《拨香灰》。

秋千索

游丝断续东风弱，悄无语半垂帘幕。
红袖谁招曲槛边，飏一缕秋千索。

惜花人共残春薄，春欲尽纤腰如削。
新月才堪照独愁，却又照梨花落。

秋千索 渌水亭春望

垆边换酒双鬟亚，春已到卖花帘下。
一道香尘碎绿蘋，看白袷亲调马。

烟丝宛宛愁萦挂，剩几笔晚晴图画。
半枕芙蕖压浪眠，教费尽莺儿话。

◎渌水亭，作者家中的园亭，在北京什刹海后海西北。

◎留春不住，费尽莺儿语。（宋王安国《清平乐》）

忆江南 宿双林禅院有感

心灰尽，有发未全僧。
风雨消磨生死别，似曾相识只孤檠。
情在不能醒。

摇落后，清吹那堪听。
淅沥暗飘金井叶，乍闻风定又钟声。
薄福荐倾城。

◆双林禅院，在北京阜成门外二里沟。清朱彝尊《日下旧闻》引刘侗《帝京景物略》：“万历四年，西竺南印土僧左吉古鲁东入中国，初息天宁寺。后过阜成门外二里沟，见一松盘覆，趺坐其下，默持《陀罗尼咒》，匝月不食……毕长侍奏之。赐织金禅衣，为建寺曰西域双林寺。”又据《北京名胜古迹辞典》，门头沟区清水乡上清水村西北山坡间亦有双林寺。性德妻卢氏于康熙十六年五月去世后，至十七年七月才葬于皂夹屯祖坟。《饮水词笺校》谓双林禅院为卢氏厝柩之处。然而据《青衫湿·悼亡》词：“咫尺玉钩斜路，一般消受，蔓草斜阳。”可见卢氏厝柩之处，离性德家近在咫尺。什刹海近旁有龙华寺，据李雷《纳兰性德》一书说，龙华寺为纳兰氏家庙。因此卢氏厝柩之处，可能在龙华寺。后姜宸英在性德家中任西席，亦馆于龙华寺，以其近也。此词为悼念卢氏而作，可无疑。可能作于康熙十六年秋季。

忆江南

挑灯坐，坐久忆年时。
薄雾笼花娇欲泣，夜深微月下杨枝。
催道太眠迟。

憔悴去，此恨有谁知？
天上人间俱怅望，经声佛火两凄迷。
未梦已先疑。

浪淘沙

红影湿幽窗，瘦尽春光。
雨馀花外却斜阳。
谁见薄衫低髻子？还惹思量。

莫道不凄凉，早近持觞。
暗思何事断人肠。
曾是向他春梦里，瞥遇回廊。

◎“红影”句：指雨后阳光照在窗上。

◎东风吹柳日初长，雨馀芳草斜阳。（宋秦观《画堂春》）

浪淘沙

眉谱待全删，别画秋山，
朝云渐入有无间。
莫笑生涯浑是梦，好梦原难。

红味啄花残，独自凭阑。
月斜风起袷衣单。
消受春风都一例，若个偏寒？

◎“眉谱”二句谓梦中为亡妻画眉。别画：不按照眉谱而另外画。

浪淘沙

紫玉拨寒灰，心字全非，
疏帘犹自隔年垂。
半卷夕阳红雨入，燕子来时。

回首碧云西，多少心期，
短长亭外短长堤。
百尺游丝千里梦，无限凄迷。

◎海棠开后，燕子来时，黄昏庭院。（宋王诜《忆故人》）
◎几时心绪浑无事，得及游丝百尺长。（唐李商隐《日日》）

浪淘沙

夜雨做成秋，恰上心头，
教他珍重护风流。
端的为谁添病也？更为谁羞？

密意未曾休，密愿难酬。
珠帘四卷月当楼。
暗忆欢期真似梦，梦也须留。

浪淘沙

野店近荒城，砧杵无声。
月低霜重莫闲行。
过尽征鸿书未寄，梦又难凭。

身世等浮萍，病为愁成。
寒宵一片枕前冰。
料得绮窗孤睡觉，一倍关情。

◎人不见，梦难凭，红纱一点灯。（五代毛文锡《更漏子》）

浪淘沙

闷自剔残灯，暗雨空庭，
潇潇已是不堪听。
那更西风偏着意，做尽秋声。

城柝已三更，欲睡还醒，
薄寒中夜掩银屏。
曾染戒香消俗念，怎又多情。

【附】

浪淘沙 和容若韵

陈维崧

凤胫罨残灯，抹丽中庭。
临歧摘阮要人听。

不信一行金雁小，有许多声。

今夜怯凉更，茶沸笙瓶。
梦中梦好怕他醒。
依旧刺桐花底去，无限心情。

浪淘沙

清镜上朝云，宿篆犹薰。
一春双袂尽啼痕。
那更夜来孤枕侧，又梦归人。

花低病中身，懒画湘文。
藕丝裳带奈销魂。
绣榻定知添几线，寂掩重门。

◎画罗红袂有啼痕。（五代顾夐《虞美人》）

卷　三

雨中花 送徐艺初归昆山

天外孤帆云外树，看又是春随人去。
水驿灯昏，关城月落，不算凄凉处。

计程应惜天涯暮，打叠起伤心无数。
中坐波涛，眼前冷暖，多少人难语。

◆徐树谷，字艺初，江苏昆山人，康熙进士，是作者的老师徐乾学的儿子。康熙十二年，徐乾学由于十一年任顺天乡试副试官时“坐取副榜不及汉军镌级”，为给事中杨雍建弹劾，与主试蔡启僔一起降一级调用，于是年九月回昆山编《一统志》。性德作《秋日送徐健庵座主归江南》诗四首及《即日又赋》诗送行。徐艺初可能于次年暮春回昆山，故词中曰“春随人去”。又“中坐波涛，眼前冷暖，多少人难语”，指遭弹劾事。

鹧鸪天

独背残阳上小楼，谁家玉笛韵偏幽？
一行白雁遥天暮，几点黄花满地秋。

惊节序，叹沉浮，秾华如梦水东流。
人间所事堪惆怅，莫向横塘问旧游。

◎谁家玉笛暗飞声？散入春风满洛城。（唐李白《春夜洛城闻笛》）

◎万家砧杵三篙水，一夕横塘似旧游。（唐温庭筠《池塘七夕》）

鹧鸪天

雁贴寒云次第飞，向南犹自怨归迟。
谁能瘦马关山道，又到西风扑鬓时。

人杳杳，思依依，更无芳树有乌啼。
凭将扫黛窗前月，持向今朝照别离。

◆从词中“瘦马关山道”及“西风扑鬓时”推测，可能作于康熙二十一年八月去梭龙侦察时。

鹧鸪天

别绪如丝睡不成，那堪孤枕梦边城。
因听紫塞三更雨，却忆红楼半夜灯。

书郑重，恨分明，天将愁味酿多情。
起来呵手封题处，偏到鸳鸯两字冰。

◎别绪如乱丝，欲理还不可。（宋梅尧臣《送仲连》）

◎锦长书郑重，眉细恨分明。（唐李商隐《无题》）

◎此词为塞外忆家而作，“书郑重”二句指给妻子写信。

鹧鸪天

冷露无声夜欲阑，栖鸦不定朔风寒。
生憎画鼓楼头急，不放征人梦里还。

秋淡淡，月弯弯，无人起向月中看。
明朝匹马相思处，知隔千山与万山。

◎中庭地白树栖鸦，冷露无声湿桂花。（唐王建《十五夜望月寄杜郎中》）

◎别君只有相思梦，遮莫千山与万山。（唐岑参《原头送范侍御》）

◆此词有“朔风”及“匹马”之语，当作于康熙二十一年八月至十二月赴梭龙侦察时。

鹧鸪天

送梁汾南还，时方为题小影。

握手西风泪不干，年来多在别离间。
遥知独听灯前雨，转忆同看雪后山。

凭寄语，劝加餐，桂花时节约重还。
分明小像沉香缕，一片伤心欲画难。

◎弃捐勿复道，努力加餐饭。（《古诗十九首》之一）

◎欲寄语，加餐饭，难嘱咐，鱼和雁。（明王次回《满江红》）

◎世间无限丹青手，一片伤心画不成。（唐高蟾《金陵晚望》）

◆据顾贞观（梁汾）《金缕曲·和纳兰性德词》附注：“岁丙辰（康熙十五年），容若二十有二，乃一见即恨识余之晚。阅数日，填此曲为余题照。”可见作者为顾题照，是在相识后仅隔数日，与此词“年来多在别离间”，“转忆同看雪后山”情节不符。况据顾贞观《金缕曲·寄吴汉槎宁古塔以词代书丙辰冬寓京师千佛寺冰雪中作》，顾当年冬天仍在北京，没有南还。因此这首词中的“题小影”，可能是顾为纳兰题照。顾贞观因母丧南归，在康熙二十年秋，作者写有《木兰花慢·立秋夜雨送梁汾南行》，与此词可能作于同一时期。

鹧鸪天 咏史

马上吟成促渡江，分明间气属闺房。
生憎久闭铜铺暗，花冷回心玉一床。

添哽咽，足凄凉，谁教生得满身香。
只今西海年年月，犹为萧家照断肠。

◎二年八月，上猎秋山，后率妃嫔从行在所。至伏虎林，上命后赋诗，后应声曰：“威风万里压南邦，东去能翻鸭绿江。灵怪大千都破胆，那教猛虎不投降。”上大喜，出示群臣，曰：“皇后可谓女中才子。”促渡江，催促辽帝渡江灭宋。（辽王鼎《焚椒录》）

◎初，帝（唐高宗）念后，间行至囚所，见门禁锢严，进饮食窦中，恻然伤之。呼曰：“皇后、良娣无恙乎？今安在？”二人同辞曰：“……陛下幸念畴日，使妾死更生，复见日月，乞署此为回心院。”（《新唐书·高宗废后传》）

鹧鸪天

十月初四夜风雨，其明日是亡妇生辰。

尘满疏帘素带飘，真成暗度可怜宵。
几回偷湿青衫泪，忽傍犀奁见翠翘。

唯有恨，转无聊，五更依旧落花朝。
衰杨叶尽丝难尽，冷雨西风幂画桥。

◆此词可能作于康熙十六年十月初四夜。

河　传

春浅，红怨，掩双环。微雨花间昼闲。
无言暗将红泪弹。阑珊，香销轻梦还。

斜倚画屏思往事，
皆不是，空作相思字。
记当时，垂柳丝，花枝，满庭蝴蝶儿。

木兰花 拟古决绝词柬友

人生若只如初见，何事秋风悲画扇。
等闲变却故人心，却道故人心易变。

骊山语罢清宵半，泪雨零铃终不怨。
何如薄幸锦衣郎，比翼连枝当日愿。

◎昔天宝十载，侍辇避暑骊山宫。秋七月牵牛织女相见之夕……夜殆半，休侍卫于东西厢，独侍上。上（唐玄宗）凭肩而立，因仰天感牛女事，密相誓心，愿世世为夫妇。（唐陈鸿《长恨歌传》）

◎“雨零铃”事，见前《浣溪沙》（凤髻抛残秋草生）注。句谓明皇虽闻铃声而悲，但为保全皇位，而抛弃爱妃，终无悔恨之心。

◎在天愿作比翼鸟，在地愿为连理枝。（唐白居易《长恨歌》）

虞美人

春情只到梨花薄，片片催零落。
斜阳何事近黄昏，不道人间犹有未招魂。

银笺别记当时句，密绾同心苣。
为伊判作梦中人，索向画图影里唤真真。

◎唐进士赵颜得一软障，图一妇人甚丽。颜曰："如何令生，某愿纳为妻。"画工曰："余神画也，此亦有名，曰真真。呼其名百日，昼夜不歇，即必应，应则以百家彩灰酒灌之，必活。"颜如其言。遂下步，言语饮食如常，终岁生一儿。友人曰："此妖也，必与君为患。"真真乃泣曰："妾南岳地仙也，君今疑妾，妾不可住。"言讫，携其子却上软障，呕出先所饮百家彩灰酒。睹其障，惟添一孩子，皆是画焉。（《闻奇录》）

◎花定有情堪索笑，自怜无术唤真真。（宋范成大《去年多雪苦寒梅花至元夕犹未开》。这里"真真"借指亡妻。）

◆作者妻子卢氏于康熙十六年五月三十日去世，此词可能作于十七年暮春。

虞美人

曲阑深处重相见，匀泪偎人颤。
凄凉别后两应同，最是不胜清怨月明中。

半生已分孤眠过，山枕檀痕涴。
忆来何事最销魂，第一折枝花样画罗裙。

虞美人

高峰独石当头起，冻合双溪水。
马嘶人语各西东，行到断崖无路小桥通。

朔鸿过尽音书杳，客里年华悄。
又将丝泪湿斜阳，多少十三陵树乱云黄。

虞美人

黄昏又听城头角，病起心情恶。
药炉初沸短檠青，无那残香半缕恼多情。

多情自古原多病，清镜怜清影。
一声弹指泪如丝，央及东风休遣玉人知。

虞美人

彩云易向秋空散，燕子怜长叹。
几番离合总无因，赢得一回僝僽一回亲。

归鸿旧约霜前至，可寄香笺字？
不如前事不思量，且枕红蕤欹侧看斜阳。

◎大都好物不坚牢，彩云易散琉璃脆。（唐白居易《简简吟》）

◎归来辗转到五更，梁间燕子闻长叹。（唐李商隐《无题四首》之四）

◎红蕤：即红蕤枕，一种红色的玉石枕。《宣室志》卷六述杜陵韦弇游蜀郡，遇玉清之女，赠以三宝物：一碧瑶杯，一红蕤枕，一紫玉函。

虞美人

银床淅沥青梧老，屟粉秋蛩扫。
采香行处蹙连钱，拾得翠翘何恨不能言。

回廊一寸相思地，落月成孤倚。
背灯和月就花阴，已是十年踪迹十年心。

◎坏墙经雨苍苔遍，拾得当时旧翠翘。（唐温庭筠《经旧游》）

虞美人 为梁汾赋

凭君料理花间课，莫负当初我。
眼看鸡犬上天梯，黄九自招秦七共泥犁。

瘦狂那似痴肥好，判任痴肥笑。
笑他多病与长贫，不及诸公衮衮向风尘。

◎淮南王学道，招会天下有道之人……并会淮南，奇方异术莫不争出。王遂得道，举家升天，畜产皆仙，犬吠于天上，鸡鸣于云中。（汉王充《论衡·道虚》）

◎黄庭坚鲁直作艳语，人争传之。（法）秀呵曰："翰墨之妙，甘施于此乎？"鲁直笑曰："又当置我于马腹中耶？"秀曰："汝以艳语动天下人淫心，不止马腹，正恐生泥犁中耳。"（《禅林僧宝传》卷二十六。黄九即黄庭坚，秦七即秦观，这里借指作者和梁汾。）

◎泥犁：梵语，意译为地狱。

◎“眼看”二句谓眼看一些人宦途青云直上，但我却甘愿同你一起钻研文学而沉沦于下位。

◎尝醉，晚日负杖携家宾子弟至娄湖苑，逢王景文子约，张目视之曰：“汝是王约耶？何乃肥而痴。”约曰：“汝沈昭略耶？何乃瘦而狂。”昭略抚掌大笑曰：“瘦已胜肥，狂又胜痴。”（《南史·沈庆之传》附《沈昭略》）

◎“瘦狂”句以瘦狂自喻，以痴肥指那些脑满肠肥、无所用心的人。

◆本词提到作者请顾贞观编辑词集。按作者与顾贞观结识，是在康熙十五年，参阅前《鹧鸪天》（握手西风泪不干）注；顾贞观与吴绮校定的《饮水词》刊成于康熙十七年，因此这首词的创作时间大致在康熙十五年底到十六年。

虞美人

残灯风灭炉烟冷，相伴唯孤影。
判教狼藉醉清樽，为问世间醒眼是何人？

难逢易散花间酒，饮罢空搔首。
闲愁总付醉来眠，只恐醒时依旧到樽前。

鹊桥仙

倦收缃帙，悄垂罗幕，盼煞一灯红小。
便容生受博山香，销折得狂名多少。

是伊缘薄，是侬情浅，难道多磨更好？
不成寒漏也相催，索性尽荒鸡唱了。

鹊桥仙

梦来双倚，醒时独拥，窗外一眉新月。
寻思常自悔分明，无奈却照人清切。

一宵灯下，连朝镜里，瘦尽十年花骨。
前期总约上元时，怕难认飘零人物。

鹊桥仙 七夕

乞巧楼空，影娥池冷，说着凄凉无算。
丁宁休曝旧罗衣，忆素手为余缝绽。

莲粉飘红，菱花掩碧，瘦了当初一半。
今生钿盒表予心，祝天上人间相见。

◎七月七日，作面合蓝丸及蜀漆丸，曝经书及衣裳。（《四民月令》）

◎唯将旧物表深情，钿合金钗寄将去。钗留一股合一扇，钗擘黄金合分钿，但教心似金钿坚，天上人间会相见。（唐白居易《长恨歌》）

◆此词可能作于康熙十六年七月。作者妻子卢氏于是年五月去世。

南乡子

飞絮晚悠飏，斜日波纹映画梁。
刺绣女儿楼上立，柔肠，
爱看晴丝百尺长。

风定却闻香，吹落残红在绣床。
休堕玉钗惊比翼，双双，
共唼蘋花绿满塘。

南乡子 捣衣

鸳瓦已新霜，欲寄寒衣转自伤。
见说征夫容易瘦，端相，
梦里回时仔细量。

支枕怯空房，且拭清砧就月光。
已是深秋兼独夜，凄凉，
月到西南更断肠。

◎寒空动高吹，月色满清砧。（唐杜牧《秋梦》）

◎明月高秋迥，愁人独夜看。（唐杜审言《和康五庭芝望月有怀》）

南乡子 柳沟晓发

灯影伴鸣梭，织女依然怨隔河。
曙色远连山色起，青螺，
回首微茫忆翠蛾。

凄切客中过，未抵秋闺一半多。
一世疏狂应为着，横波，
作个鸳鸯消得么？

南乡子

烟暖雨初收，落尽繁花小院幽。
摘得一双红豆子，低头，
说着分携暗流。

人去似春休，卮酒曾将酹石尤。
别自有人桃叶渡，扁舟，
一种烟波各自愁。

◎石尤风者，传闻为石氏女嫁为尤郎妇，情好甚笃。尤为商远行，妻阻之，不从。尤出不归，妻忆之，病亡，临亡长叹曰："吾恨不能阻其行，以至于此。今凡有商旅远行，吾当作大风为天下妇人阻之。"（元伊世珍《琅嬛记》引《江湖纪闻》）

◎桃叶渡：渡口名，在南京秦淮河畔。相传因王献之在此作歌送其妾桃叶而得名。歌曰："桃叶复桃叶，度江不用楫。但度无所苦，我自迎接汝。"

◎日暮乡关何处是，烟波江上使人愁。（唐崔颢《黄鹤楼》）

◆从此词"摘得一双红豆子，低头，说着分携泪暗流"及"别自有人桃叶渡"看，当为送别侍妾而作，可能作于康熙二十四年春，送沈宛返江南。"烟暖"二句指暮春时节。红豆子谓分别前以红豆相赠，以表相思之情。泪暗流犹《采桑子》（而今才道当时错）之"红泪偷垂，满眼春风百事非"。酹石尤者，望其遇逆风而不能行也。"别自"句谓昔年王献之曾于桃叶渡送别侍妾桃叶，今又有人送别侍妾矣。"一种"句谓同样为烟波所隔，离别者与送别者各有忧愁。

南乡子 为亡妇题照

泪咽更无声，止向从前悔薄情。

凭仗丹青重省识，盈盈，
一片伤心画不成。

别语忒分明，午夜鹣鹣梦早醒。
卿自早醒侬自梦，更更，
泣尽风前夜雨铃。

◎“一片”句，见前《鹧鸪天》（握手西风泪不干）注。

◆作者之妻卢氏卒于康熙十六年五月，此词当作于其后不久。

一斛珠 元夜月蚀

星毬映彻，一痕微褪梅梢雪。
紫姑待话经年别，
窃药心灰，慵把菱花揭。

踏歌才起清钲歇，扇纨仍似秋期洁。
天公毕竟风流绝，
教看蛾眉，特放些时缺。

◎星毬：指一团团的烟火。

◎紫姑：传说中的神仙，又名坑三姑娘。据南朝宋刘敬叔《异苑》，紫姑为寿阳人李景之妾，于正月十五日为景妻害死于厕间，死后为神。民间习俗，于正月十五夜间到厕间迎神，以问祸福及当年农事。

◎长安城中，每月食时，士女即取鉴向月击之，满郭如是，盖云救月蚀也。（五代王仁裕《开元天宝遗事》卷四《击鉴救月》。民间习俗，认为月食是月亮被天狗所吞食，因此在月食时敲锣，以吓退天狗。）

红窗月

梦阑酒醒，早因循过了清明。
是一般心事，两样愁情。
犹记回廊影里誓生生。

金钗钿盒当时赠，历历春星。
道休孤密约，鉴取深盟。
语罢一丝清露湿银屏。

◆按《词律》作《红窗影》，一名《红窗迥》。

◎梦阑时，酒醒后，思量着。（宋王安石《千秋岁引》）

◎算韶华，又因循过了，清明时候。（宋王雱《倦寻芳慢》）

◎钿合金钗私语处，算谁在、回廊影下。（宋柳永《二郎神》）

◎进见之日，奏《霓裳羽衣曲》以导之。定情之夕，授金钗钿合以固之。（唐陈鸿《长恨歌传》）

◆《饮水词》有云“吹花嚼蕊弄冰弦”，又云“乌丝阑纸娇红篆”，容若短调，轻清婉丽，诚如其自道所云。（清况周颐《蕙风词话》）

踏莎行

春水鸭头，春山鹦嘴，
烟丝无力风斜倚。
百花时节好逢迎，可怜人掩屏山睡。

密语移灯，闲情枕臂，
从教酝酿孤眠味。
春鸿不解讳相思，映窗书破人人字。

◎无言匀睡脸，枕上屏山掩。（唐温庭筠《菩萨蛮》）

◎“密语”三句谓当年的亲密酿成今日孤眠的痛苦。

踏莎行 寄见阳

倚柳题笺，当花侧帽，
赏心应比驱驰好。
错教双鬓受东风，看吹绿影成丝早。

金殿寒鸦，玉阶春草，
就中冷暖和谁道？
小楼明月镇长闲，人生何事缁尘老。

◎见阳，即张纯修，见前《菊花新》注。

◎信在秦州，尝因猎，日暮驰马入城，其帽微侧。诘旦而吏民有戴帽者，咸慕信而侧帽焉。（《周书·独孤信传》）

临江仙 寄严荪友

别后闲情何所寄，初莺早雁相思。
如今憔悴异当时。
飘零心事，残月落花知。

生小不知江上路，分明却到梁溪。
匆匆刚欲话分携。
香消梦冷，窗白一声鸡。

◆此词可能作于康熙十六年卢氏去世后，故曰“如今憔悴异当时”。

临江仙 永平道中

独客单衾谁念我，晓来凉雨飕飕。
椷书欲寄又还休。
个侬憔悴，禁得更添愁。

曾记年年三月病，而今病向深秋。
卢龙风景白人头。
药炉烟里，支枕听河流。

临江仙 谢饷樱桃

绿叶成阴春尽也，守宫偏护星星。
留将颜色慰多情。
分明千点泪，贮作玉壶冰。

独卧文园方病渴，强拈红豆酬卿。
感卿珍重报流莺。
惜花须自爱，休只为花疼。

◆樱桃在春末夏初结实，古代帝王在樱桃初熟时先荐寝庙，后分赐近臣。可能宫外之臣由太监分别送往，宫内之臣则由宫女分送。性德作此词以谢分送之宫女。

◎蜥蜴或名蝘蜓。以器养之以朱砂，体尽赤。所食满七斤，治捣万杵，点女人支体，终本不灭，有房室事则灭，故号守宫。（晋张华《博物志》二。此句以点点宫砂喻樱桃红艳可爱。）

◎大业十二年，炀帝将幸江都……因戏以帛题二十字赐守宫女云："我梦江南好，征辽亦偶然。但存颜色在，离别只今年。"（《隋遗录》

卷上）

◎文园：汉司马相如曾为汉文帝陵园令，故后人称之为文园，有消渴疾。

◎文园终病渴，休咏《白头吟》。（唐杜牧《为人题赠》）

◎流莺犹故在，争得讳含来。（唐李商隐《百果嘲樱桃》）

◎春光九十过将零，半为花嗔，半为花疼。（明阮大铖《燕子笺》）

临江仙

丝雨如尘云着水，嫣香碎入吴宫。
百花冷暖避东风。
酷怜娇易散，燕子学偎红。

人说病宜随月减，恹恹却与春同。
可能留蝶抱花丛。
不成双梦影，翻笑杏梁空？

临江仙

长记碧纱窗外语，秋风吹送归鸦。
片帆从此寄天涯。
一灯新睡觉，思梦月初斜。

便是欲归归未得，不如燕子还家。
春云春水带轻霞。
画船人似月，细雨落杨花。

临江仙

塞上得家报云秋海棠开矣，赋此。

六曲阑干三夜雨，倩谁护取娇慵。
可怜寂寞粉墙东。
已分裙衩绿，犹裹泪绡红。

曾记鬓边斜落下，半床凉月惺忪。
旧欢如在梦魂中。
自然肠欲断，何必更秋风。

◆作者于康熙十六年九月扈驾巡边，二十二年九月扈驾赴五台山，时间都比较短，此词题云“塞上得家报”，可能离家日子较长，姑系于二十一年八月至十二月赴梭龙侦察时。

临江仙 卢龙大树

雨打风吹都似此，将军一去谁怜。
画图曾记绿阴圆。
旧时遗镞地，今日种瓜田。

系马南枝犹在否？萧萧欲下长川。
九秋黄叶五更烟。
止应摇落尽，不必问当年。

◎此词有“九秋黄叶”之语，当作于康熙二十一年八月至十二月赴梭龙侦察时。

◎东汉冯异协助光武帝刘秀争天下，诸将并坐论功，异常独坐大树

下，军中号为大树将军。（见《后汉书·冯异传》）

◎将军一去，大树飘零。（北周庾信《哀江南赋》）

◎“旧时”句，卢龙明朝称永平府。为连接山海关和京师的交通要冲和军事重镇。明末，皇太极因屡攻宁城不克，就是从这一带的隘口突袭得手，从而兵临北京城下的。

临江仙 寒柳

飞絮飞花何处是？层冰积雪摧残。
疏疏一树五更寒。
爱他明月好，憔悴也相关。

最是繁丝摇落后，转教人忆春山。
湔裙梦断续应难。
西风多少恨，吹不散眉弯。

◆余最爱其《临江仙·寒柳》云：“疏疏一树五更寒。爱他明月好，憔悴也相关。”言中有物，几令人感激涕零。容若词亦以此篇为压卷。（清陈廷焯《白雨斋词话》）

◆缠绵沉着，似此真可伯仲小山，颉颃永叔。（清陈廷焯《词则·大雅集》）

临江仙

带得些儿前夜雪，冻云一树垂垂。
东风回首不胜悲。
叶干丝未尽，未死只颦眉。

可忆红泥亭子外，纤腰舞困因谁？
如今寂寞待人归。
明年依旧绿，知否系斑骓？

◎斑骓只系垂杨岸，何处西南任好风。（唐李商隐《无题二首》之一）

临江仙 孤雁

霜冷离鸿惊失伴，有人同病相怜。
拟凭尺素寄愁边。
愁多书屡易，双泪落灯前。

莫对月明思往事，也知消减年年。
无端嘹唳一声传。
西风吹只影，刚是早秋天。

◎衡阳初失伴，归路远飞单。（明高启《孤雁》）
◎只影随惊雁，单栖锁画笼。（唐杜牧《寄远》）

蝶恋花

辛苦最怜天上月，
一昔如环，昔昔长如玦。
但似月轮终皎洁，不辞冰雪为卿热。

无奈钟情容易绝，
燕子依然，软踏帘钩说。

唱罢秋坟愁未歇，春丛认取双栖蝶。

◎荀奉倩（粲）与妇至笃，冬月妇病热，乃出中庭，自取冷还，以身熨之。（《世说新语·惑溺》）

◎春丛定是双栖夜，饮罢莫持红烛行。（唐李商隐《偶题二首》之二）

◎“春丛”句谓希望自己死后能与妻子一系化为蝴蝶，在花丛中双宿双飞。

蝶恋花

眼底风光留不住，
和暖和香，又上雕鞍去。
欲倩烟丝遮别路，垂杨那是相思树？

惆怅玉颜成间阻，
何事东风，不作繁华主。
断带依然留乞句，斑骓一系无寻处。

◎有底风光留不住，烟波万顷春江舻。（宋辛弃疾《蝶恋花》）

◎春风如客，可是繁华主？（宋杜旟《蓦山溪》）

◎柳枝，洛中里娘也。……余从昆让山，比柳枝居为近。他日春曾阴，让山下马柳枝南柳下，咏余《燕台》诗，柳枝惊问：“谁人有此？谁人为是？”让山谓曰：“此吾里中少年叔耳。”柳枝手断长带，结让山为赠叔乞诗。（唐李商隐《柳枝五首序》）

◆此词可能作于康熙二十一年三月，参阅下阕注。

蝶恋花

又到绿杨曾折处，
不语垂鞭，踏遍清秋路。
衰草连天无意绪，雁声远向萧关去。

不恨天涯行役苦，
只恨西风，吹梦成今古。
明日客程还几许，沾衣况是新寒雨。

◎山抹微云，天连衰草，画角声断谯门。（宋秦观《满庭芳》）

◆此词可能作于康熙二十一年八月去梭龙时。作者于当年三月曾扈驾东出山海关至盛京，这次奉命往觇梭龙，仍走去山海关之老路，故曰"又到绿杨曾折处"也。参见前《长相思》词注。

蝶恋花

萧瑟兰成看老去，
为怕多情，不作怜花句。
阁泪倚花愁不语，暗香飘尽知何处？

重到旧时明月路，
袖口香寒，心比秋莲苦。
休说生生花里住，惜花人去花无主。

◎庾信平生最萧瑟，暮年诗赋动江关。（唐杜甫《咏怀古迹五首》其一。兰成：北周诗人庾信小字。此处借以自指。）

◆势纵语咽，凄淡无聊，延巳、六一而后，仅见湘真。（清谭献《箧

中词》）

蝶恋花 夏夜

露下庭柯蝉响歇，
纱碧如烟，烟里玲珑月。
并着香肩无可说，樱桃暗吐丁香结。

笑卷轻衫鱼子缬，
试扑流萤，惊起双栖蝶。
瘦断玉腰沾粉叶，人生那不相思绝。

蝶恋花 出塞

今古河山无定数，
画角声中，牧马频来去。
满目荒凉谁可语？西风吹老丹枫树。

幽怨从前何处诉，
铁马金戈，青冢黄昏路。
一往情深深几许，深山夕照深秋雨。

◆词中有“牧马频来去”、“西风”及“青冢黄昏路”之语，青冢离龙泉关较近，因此可能作于康熙二十二年九月扈驾至五台山、龙泉关时。

蝶恋花

尽日惊风吹木叶，

极目嵯峨，一丈天山雪。
去去丁零愁不绝，那堪客里还伤别。

若道客愁容易辍，
除是朱颜，不共春销歇。
一纸寄书和泪折，红闺此夜团栾月。

◆据《瑶华集》题，此词当作于康熙二十一年十月十五日赴梭龙侦察时。

◎丁零：古民族名。汉代丁零主要分布于今贝加尔湖以南地区。这里代指梭龙。

蝶恋花

准拟春来消寂寞，
愁雨愁风，翻把春担搁。
不为伤春情绪恶，为怜镜里颜非昨。

毕竟春光谁领略，
九陌缁尘，抵死遮云壑。
若得寻春终遂约，不成长负东君诺。

◎春梦草茸茸，愁雨愁风。（宋张桀《浪淘沙》）

唐多令 雨夜

丝雨织红茵，苔阶压绣纹。
是年年肠断黄昏。

到眼芳菲都惹恨，那更说，塞垣春。

萧飒不堪闻，残妆拥夜分。
为梨花深掩重门。
梦向金微山下去，才识路，又移军。

◎梦里分明见关塞，不知何路向金微。（唐张仲素《秋闺思二首》）

唐多令

金液镇心惊，烟丝似不胜。
沁鲛绡湘竹无声。
不为香桃怜瘦骨，怕容易，减红情。

将息报飞琼，蛮笺署小名。
鉴凄凉片月三星。
待寄芙蓉心上露，且道是，解朝酲。

◎昔秦少游赠营妓陶心儿《南歌子》，末云“天外一钩残月带三星”，盖暗藏心字。东坡见之，笑曰：“此恐被他姬厮赖耳。”（清谢章铤《赌棋山庄词话》）

◎“将息”三句谓给心上女子寄去一信，信上署了她的小名，要她明白自己一片凄凉的心意。

唐多令　塞外重九

古木向人秋，惊蓬掠鬓稠。
是重阳何处堪愁？

记得当年惆怅事，正风雨，下南楼。

断梦几能留，香魂一哭休。
怪凉蟾空满衾裯。
霜落乌啼浑不睡，偏想出，旧风流。

◎艳笑双飞断，香魂一哭休。（唐温庭筠《过华清宫二十二韵》）

◆重九，即农历九月初九重阳节。此词有“断梦几能留，香魂一哭休”之语，可能作于妻子卢氏死后不久，姑系于康熙十六年九月扈驾巡边至喜峰口时。

踏莎美人 清明

拾翠归迟，踏青期近，
香笺小叠邻姬讯。
樱桃花谢已清明，何事绿鬟斜亸宝钗横。

浅黛双弯，柔肠几寸，
不堪更惹青春恨。
晓窗窥梦有流莺，也说个侬憔悴可怜生。

◆按此调为顾梁汾自度曲。

苏幕遮

枕函香，花径漏。
依约相逢，絮语黄昏后。
时节薄寒人病酒。

划地梨花，彻夜东风瘦。

掩银屏，垂翠袖。
何处吹箫，脉脉情微逗。
肠断月明红豆蔻。
月似当时，人似当时否？

◎月上柳梢头，人约黄昏后。（宋朱淑真《生查子》）

苏幕遮 咏浴

鬓云松，红玉莹。
早月多情，送过梨花影。
半晌斜钗慵未整。
晕入轻潮，刚爱微风醒。

露华清，人语静。
怕被郎窥，移却青鸾镜。
罗袜凌波波不定。
小扇单衣，可奈星前冷。

◎如削肌肤红玉莹。（宋柳永《红窗听》）

◎昭仪夜入浴兰室，肤体光发占灯烛，帝从帏中窃望之。侍儿白昭仪。昭仪揽巾撤烛。他日，帝约赐侍儿金，使无得言。私婢不豫约，中出闱，值帝，即白昭仪。昭仪遽隐避。自是帝窥昭仪浴，多袖金，逢侍儿辄赐之。（汉伶玄《飞燕外传》）

淡黄柳 咏柳

三眠未歇，乍到秋时节。
一树斜阳蝉更咽，曾绾灞陵离别。
絮已为萍风卷叶，空凄切。

长条莫轻折。苏小恨，倩他说。
尽飘零、游冶章台客。
红板桥空，湔裙人去，依旧晓风残月。

◎汉苑中有柳状如人形，号曰人柳，一日三眠三起。（《三辅旧事》）

◎如何肯到清秋日，已带斜阳又带蝉。（唐李商隐《柳》）

◎章台柳，章台柳，昔日青青今在否？纵使长条似旧垂，也应攀折他人手。（唐韩翃《章台柳》）

◎今宵酒醒何处，杨柳岸、晓风残月。（宋柳永《雨霖铃》）

青玉案 辛酉人日

东风七日蚕芽软，一缕休教剪。
梦隔湘烟征雁远。
那堪又是，鬓丝吹绿，小胜宜春颤。

绣屏浑不遮愁断，忽忽年华空冷暖。
玉骨几随花骨换。
三春醉里，三秋别后，寂寞钗头燕。

◆辛酉即康熙二十年。

◎正月七日为人日，以七种菜为羹，剪彩为人，或缕金箔为人，以帖屏

风，亦戴之头鬓，又造华胜以相遗，登高赋诗。（南朝梁宗懔《荆楚岁时记》）

◎立春日，悉剪彩为燕以戴之，帖“宜春”之字。（南朝梁宗懔《荆楚岁时记》）

◎一枝绛蜡香梅软，宜春小胜玲珑剪。（宋李元卓《菩萨蛮》）

青玉案 宿乌龙江

东风卷地飘榆荚，才过了，连天雪。
料得香闺香正彻。
那知此夜，乌龙江上，独对初三月。

多情不是偏多别，别离只为多情设。
蝶梦百花花梦蝶。
几时相见，西窗剪烛，细把而今说。

◆乌龙江即黑龙江。清吴桭臣《宁古塔纪略》：“爱茔（按即瑷珲）木城四周皆山，城临乌龙江，有将军镇驻，与老枪（老羌）连界，近索龙（梭龙），出人参貂皮。”此词描写的是春天景象。性德于康熙二十一年三月曾扈驾到盛京。也许其时康熙帝已有侦察梭龙的打算，故事先派性德到黑龙江一带去了解情况。姑作此猜测。

月上海棠 中元塞外

原头野火烧残碣，叹英魂才魄暗消歇。
终古江山，问东风几番凉热。
惊心事，又到中元时节。

凄凉况是愁中别，枉沉吟千里共明月。
露冷鸳鸯，最难忘满池荷叶。
青鸾杳，碧天云海音绝。

◆农历七月十五日为中元节，道观作斋醮，僧寺作盂兰盆斋，以超渡亡魂。作者于康熙二十二年六月及二十三年五月都跟随康熙帝去古北口避暑，但二十二年的一次在中元节前回京，二十三年的一次在七月下旬回京，故本词系于二十三年七月。参见前《浣溪沙》（杨柳千条送马蹄）注。

月上海棠 瓶梅

重檐淡月浑如水，浸寒香一片小窗里。
双鱼冻合，似曾伴个人无寐。
横眸处，索笑而今已矣。

与谁更拥灯前髻，乍横斜疏影疑飞坠。
铜瓶小注，休教近麝炉烟气。
酬伊也，几点夜深清泪。

◎巡檐索共梅花笑，冷蕊疏枝半不禁。（唐杜甫《舍弟观赴蓝田取妻子到江陵喜寄》）

◎疏影横斜水清浅，暗香浮动月黄昏。（宋林逋《山园小梅二首》之一）

◆此首亦为悼亡之作，可能作于康熙十七年早春。

一丛花 咏并蒂莲

阑珊玉佩罢《霓裳》，相对绾红妆。

藕丝风送凌波去，又低头、软语商量。
一种情深，十分心苦，脉脉背斜阳。

色香空尽转生香，明月小银塘。
桃根桃叶终相守，伴殷勤、双宿鸳鸯。
菰米漂残，沉云乍黑，同梦寄潇湘。

◎荷花香里藕丝风。（宋洪咨夔《朝中措》）
◎根底藕丝长，花里莲心苦。（宋辛弃疾《卜算子·荷花》）
◎桃叶、桃根：姐妹两人均为晋王献之侍妾。

金人捧露盘 净业寺观莲有怀荪友

藕风轻，莲露冷，断虹收。
正红窗初上帘钩。
田田翠盖，趁斜阳鱼浪香浮。
此时画阁垂杨岸，睡起梳头。

旧游踪，招提路，重到处，满离忧。
想芙蓉湖上悠悠。
红衣狼藉，卧看少妾荡兰舟。
午风吹断江南梦，梦里菱讴。

◆净业寺在北京市区西北部，其南为积水潭，亦称净业湖，多植莲花。荪友即严绳孙。作者与严相识在康熙十二年春（据严绳孙《进士纳兰君哀词》：“始余以文字交于容若时，容若方举礼部为应时之文。”）十五年初夏严第一次南归（见前《浣溪沙·寄严荪友》注）。则此词当作于康熙十五或十六年夏。

洞仙歌 咏黄葵

铅华不御，看道家妆就。
问取旁人入时否。
为孤情淡韵，判不宜春，
矜标格、开向晚秋时候。

无端轻薄雨，滴损檀心，
小叠宫罗镇长皱。
何必诉凄清，为爱秋光，
被几日西风吹瘦。
便零落蜂黄也休嫌，
且对倚斜阳，胜偎红袖。

◎秋花最是黄葵好，天然嫩态迎秋早。染得道家衣，淡妆梳洗时。（宋晏殊《菩萨蛮》）

◎檀心自成晕，翠叶森有芒。（宋苏轼《黄葵》）

剪湘云 送友

险韵慵拈，新声醉倚。
尽历遍情场，懊恼曾记。
不道当时肠断事，还较而今得意。
向西风约略数年华，旧心情灰矣。

正是冷雨秋槐，鬓丝憔悴，
又领略愁中送客滋味。
密约重逢知甚日，看取青衫和泪。

梦天涯绕遍尽由人，只樽前迢递。

◆按此调为顾梁汾自度曲。

◎玉郎还是不还家，教人魂梦逐杨花，绕天涯。（五代顾敻《虞美人》）

东风齐着力

电急流光，天生薄命，有泪如潮。
勉为欢谑，到底总无聊。
欲谱频年离恨，言已尽、恨未曾消。
凭谁把、一天愁绪，按出琼箫。

往事水迢迢。窗前月，几番空照魂销。
旧欢新梦，雁齿小红桥。
最是烧灯时候，宜春髻、酒暖蒲萄。
凄凉煞、五枝青玉，风雨飘飘。

◎鸭头新绿水，雁齿小红桥。（唐白居易《新春江次》）

满江红 茅屋新成却赋

问我何心，却构此、三楹茅屋。
可学得、海鸥无事，闲飞闲宿？
百感都随流水去，一身还被浮名束。
误东风迟日杏花天，红牙曲。

尘土梦，蕉中鹿。翻覆手，看棋局。

且耽闲殢酒，消他薄福。
雪后谁遮檐角翠，雨馀好种墙阴绿。
有些些欲说向寒宵，西窗烛。

◎郑人有薪于野者，遇骇鹿，御而击之，毙之。恐人见之也，遽而藏诸隍中，覆之以蕉，不胜其喜。俄而遗其所藏之处，遂以为梦焉。（《列子·周穆王》）

◎翻手作云覆手雨，纷纷轻薄何须数。（唐杜甫《贫交行》）

◎闻道长安似奕棋，百年世事不胜悲。（唐杜甫《秋兴八首》之四）

◎“尘土”四句谓人生不过一场春梦，而世事翻覆多变，犹如下棋一般。

◆作者另有《寄梁汾并葺茅屋以招之》诗，诗中有“三年此离别，作客滞何方。……聚首羡麋鹿，为君构草堂”之句。梁汾离京在康熙十七年初，则构草堂当在十九年末或二十年初。

满江红

代北燕南，应不隔、月明千里。
谁相念、胭脂山下，悲哉秋气。
小立乍惊清露湿，孤眠最惜浓香腻。
况夜乌啼绝四更头，边声起。

消不尽，悲歌意；匀不尽，相思泪。
想故园今夜，玉阑谁倚？
青海不来如意梦，红笺暂写违心字。
道别来浑是不关心，东堂桂。

◎悲哉，秋之为气也。（战国宋玉《九辩》）

◆代：山西。燕：河北。此词有“悲哉秋气”之语，当作于康熙二十二年九月扈驾去山西五台山时。

满江红

为问封姨，何事却、排空卷地。
又不是、江南春好，妒花天气。
叶尽归鸦栖未得，带垂惊燕飘还起。
甚天公不肯惜愁人，添憔悴。

搅一霎，灯前睡；听半晌，心如醉。
倩碧纱遮断，画屏深翠。
只影凄清残烛下，离魂缥缈秋空里。
总随他泊粉与飘香，真无谓。

◎封姨：传说中的风神。唐郑还古《博异记》记崔玄微春夜遇诸女共饮，席间有封家十八姨。诸女为花之精，封家十八姨为风神。

满庭芳

堠雪翻鸦，河冰跃马，惊风吹度龙堆。
阴磷夜泣，此景总堪悲。
待向中宵起舞，无人处、那有村鸡。
只应是、金笳暗拍，一样泪沾衣。

须知今古事，棋枰胜负，翻覆如斯。
叹纷纷蛮触，回首成非。
剩得几行青史，斜阳下、断碣残碑。

年华共、混同江水，流去几时回。

◎有国于蜗之左角者，曰触氏。有国于蜗之右角者，曰蛮氏。时相与争地而战，伏尸数万。（《庄子·则阳》。后称因小事而引起的争端为蛮触之争。）

◎《大清一统志·吉林》一：“混同江，在吉林城东，今名松花江。源出长白山，北流会嫩江、黑龙江等江入海，即古粟末水也。”按满族在明代分为三大部族：建州女真、海西女真、野人女真。纳兰氏属于海西女真的叶赫部。各部族之间经常互相残杀。后建州女真的努尔哈赤剪平各部族，作者的高祖金台什战败，自焚而死。叶赫部世居混同江畔，因此这首词不是一般的怀古；还包含着对自己的祖先在部族战争中被残杀的隐痛。参考黄天骥《纳兰性德和他的词》。

满庭芳 题元人芦洲聚雁图

似有猿啼，更无渔唱，依稀落尽丹枫。
湿云影里，点点宿宾鸿。
占断沙洲寂寞，寒潮上、一抹烟笼。
全不似、半江瑟瑟，相映半江红。

楚天秋欲尽，荻花吹处，竟日冥濛。
近黄陵祠庙，莫采芙蓉。
我欲行吟去也，应难问、骚客遗踪。
湘灵杳、一樽遥酹，还欲认青峰。

◎一道残阳铺水中，半江瑟瑟半江红。（唐白居易《暮江吟》）

◎屈原既放，游于江潭，行吟泽畔，颜色憔悴。（《楚辞·渔父》）

◎使湘灵鼓瑟兮，令海若舞冯夷。（《楚辞·远游》）

◎曲终人不见，江上数峰青。（唐钱起《湘灵鼓瑟》）

◎“湘灵”二句谓湘水之神杳不可见，只能以杯酒遥祭。忽然想起钱起的《湘灵鼓瑟》诗来，所以又向画上认看。

卷 四

水调歌头 题西山秋爽图

空山梵呗静，水月影俱沉。
悠然一境人外，都不许尘侵。
岁晚忆曾游处，犹记半竿斜照，
一抹映疏林。
绝顶茅庵里，老衲正孤吟。

云中锡，溪头钓，涧边琴。
此生着几两屐，谁识卧游心。
准拟乘风归去，错向槐安回首，
何日得投簪？
布袜青鞵约，但向画图寻。

◎云中振锡，有如鸿鹄之飞；水上乘杯，更似神仙之别。（唐杨炯《送旻上人诗序》。锡：锡杖，亦称禅杖，僧人所用。）

◎渭水之右，磻溪水注之。……水流次平石钓处，即太公垂钓之所也。（《水经注》）

◎衡阳王义季镇京口，长史张邵与（戴）颙姻通，迎来，止黄鹄山。山北有竹林精舍，林涧甚美。颙憩于此涧，义季亟从之游。颙服其野服，不改常度。为义季鼓琴，并新声变曲，其三调游弦、广陵、止息之流，皆与世异。（《宋书·隐逸传》）

◎初，祖约性好财，（阮）孚性好屐，同是累而未判其得失。有诣约，见正料财物，客至，屏当不尽，馀两小簏，以着背后，倾身障之，意未能平。或有诣阮，正见自蜡屐，因自叹曰："未知一生当着几量屐！"神色甚闲畅。于是胜负始分。（《晋书·阮孚传》）

◎（宗炳）有疾还江陵，叹曰："老疾俱至，名山恐难遍睹，唯当澄怀观道，卧以游之。"凡所游履，皆图之于室。（《宋书·隐逸传》）

◎淳于棼梦至槐安国，尚公主，任南柯太守，荣华富贵。后率师出征战败，公主亦死，遭国王疑忌，被遣归。梦醒后，在庭前槐树下寻得蚁穴，即梦中的槐安国。（见唐李公佐《南柯太守传》）

水调歌头 题岳阳楼图

落日与湖水，终古岳阳城。
登临半是迁客，历历数题名。
欲问遗踪何处，但见微波木叶，
几簇打鱼罾。
多少别离恨，哀雁下前汀。

忽宜雨，旋宜月，更宜晴。
人间无数金碧，未许着空明。
淡墨生绡谱就，待倩横拖一笔，
带出九疑青。
仿佛潇湘夜，鼓瑟旧精灵。

◎袅袅兮秋风，洞庭波兮木叶下。（战国屈原《九歌·湘夫人》）

◎"仿佛"二句谓这样就可以仿佛表现出钱起《湘灵鼓瑟诗》中"曲终人不见，江上数峰青"的意境。

凤凰台上忆吹箫

除夕得梁汾闽中信，因赋。

荔粉初装，桃符欲换，怀人拟赋然脂。
喜螺江双鲤，忽展新词。
稠叠频年离恨，匆匆里、一纸难题。
分明见、临缄重发，欲寄迟迟。

心知。
梅花佳句，待粉郎香令，再结相思。
记画屏今夕，曾共题诗。
独客料应无睡，慈恩梦、那值微之。
重来日，梧桐夜雨，却话秋池。

◎洛阳人家正月元旦造丝鸡、蜡燕、粉荔枝。（明瞿祐《四时宜忌》）

◎梅花佳句：可能指顾贞观《浣溪沙·梅》词："物外幽情世外姿，冻云深护最高枝。小楼风月独醒时。一片冷香惟有梦，十分清瘦更无诗。待他移影说相思。""一片冷香"二句，作者后来在《忆江南》（新来好）词中特意引用。

◎何晏喜修饰，粉白不去手。人称"傅粉何郎"。（见《三国志·魏志·曹爽传》注引《魏略》）

◎刘季和性爱香，谓张坦曰："荀令君（彧）至人家，坐幕三日香气不歇。"（《襄阳记》）

◎《瑶华集》词中注云："粉郎香令，梁汾集中语。"按顾贞观《望海潮》词云："信书生薄命，自古而然。谁遣刚风，无端吹折到青莲。品题真负当年。倩泪痕和酒，滴醒长眠。香令还家，粉郎依旧，知他一笑幽泉。慧业定生天。"顾词可能是在纳兰性德死后写的，香令、粉郎，是指两个友人的外号。

◎极目南云无过雁，君看，梅花也解寄相思。（宋辛弃疾《定风波·三山送卢国华提刑约上元重来》）

◎元相公（微之）为御史，鞫狱梓潼，时白尚书（居易）在京，与名辈游慈恩，小酌花下，为诗寄元，曰："花时同醉破春愁，醉折花枝当酒筹。忽忆故人天际去，计程今日到梁州。"时元果及褒城，亦寄梦游诗曰："梦君兄弟曲江头，也到慈恩院里游。驿吏唤人排马去，忽惊身在古梁州。"千里神交，合若符契。友朋之道，不期至欤。（唐孟棨《本事诗·征异第五》）

◎君问归期未有期，巴山夜雨涨秋池。何当共剪西窗烛，却话巴山夜雨时。（唐李商隐《夜雨寄北》）

◆顾贞观（梁汾）于康熙二十年辛酉秋以母丧南归，据《瑶华集》所题，当是作者是年除夕得信后所写。顾五即顾贞观。

凤凰台上忆吹箫 守岁

锦瑟何年，香屏此夕，东风吹送相思。
记巡檐笑罢，共捻梅枝。
还向烛花影里，催教看、燕蜡鸡丝。
如今但、一编消夜，冷暖谁知？

当时。
欢娱见惯，道岁岁琼筵，玉漏如斯。
怅难寻旧约，枉费新词。
次第朱旛剪彩，冠儿侧、斗转蛾儿。
重验取，卢郎青鬓，未觉春迟。

◎卢校书年暮，娶崔氏，结褵之后，为诗曰："不怨卢郎年纪大，不怨卢郎官职卑。自恨妾身生较晚，不及卢郎年少时。”（宋计有功《唐诗纪事》卷七十八。此借“卢郎”以自指，谓你会觉得我年纪还不大呢。）

金菊对芙蓉 上元

金鸭消香，银虬泻水，谁家玉笛飞声。
正上林雪霁，鸳甃晶莹。
鱼龙舞罢香车杳，剩尊前袖拥吴绫。
狂游似梦，而今空记，密约烧灯。

追念往事难凭。
叹火树星桥，回首飘零。
但九逵烟月，依旧胧明。
楚天一带惊烽火，问今宵可照江城。
小窗残酒，阑珊灯灺，别自关情。

◎金鸭香消欲断魂，梨花春雨掩重门。（唐戴叔伦《春怨》。金鸭，铜制的鸭形香炉。）

◎清晨听银虬，薄暮辞金马。（唐王维《送张舍人佐江州同薛据十韵》。银虬，漏壶上金属的龙形滴水口。）

◎谁家玉笛暗飞声，散入春风满洛城。（唐李白《春夜洛城闻笛》）

◎康熙十七年（1678）八月，吴三桂称帝于衡州，不久病亡，部下又拥立其孙吴世璠为帝，次年，清兵攻入湖南。作者在《送张见阳令江华》诗中也提到：“楚国连烽火，深知作吏难。”

◆此词描写元宵灯火，而最后叙述对湖南友人的思念。该友人可能是张见阳。张见阳于康熙十八年秋被任为湖南江华县县令，参阅前《菊花新》注。故此词可能作于康熙十九年上元。此时清兵已收复湖南，但三藩之乱尚未完全结束。

琵琶仙 中秋

碧海年年，试问取冰轮，为谁圆缺。
吹到一片秋香，清辉了如雪。
愁中看好天良夜，争知道尽成悲咽。
只影而今，那堪重对，旧时明月。

花径里戏捉迷藏，曾惹下萧萧井梧叶。
记否轻纨小扇，又几番凉热。
止落得填膺百感，总茫茫不关离别。
一任紫玉无情，夜寒吹裂。

◎好天良夜月团团。（宋辛弃疾《临江仙》）

◎银烛秋光冷画屏，轻罗小扇扑流萤。（唐杜牧《秋夕》）

◎李謩者，开元中吹笛为第一部。至越州。时州客同会镜湖，邀李生吹之。李生捧笛声发，座客皆更赞咏。会中有独孤生者，乃无一言。又作一曲，更加妙绝，无不赏骇。独孤生但微笑而已。李生曰：“公如是轻薄，为复是好手。”取一笛拂拭以进。独孤曰：“此入破必裂，得无吝惜否？”遂吹。声发入云，四座震慄。及入破，笛遂败裂，不复终曲。（《逸史》）

御带花 重九夜

晚秋却胜春天好，情在冷香深处。
朱楼六扇小屏山，寂寞几分尘土。
虬尾烟消，人梦觉、碎虫零杵。
便强说欢娱，总是无憀心绪。

转忆当年，消受尽皓腕红萸，

嫣然一顾。
如今何事，向禅榻茶烟，怕歌愁舞。
玉粟寒生，且领略月明清露。
叹此际凄凉，何必更满城风雨。

◎冻合玉楼寒起粟，光摇银海眩生花。（宋苏轼《雪后书北台壁二首》之二。玉粟，谓皮肤因寒冷而生颗粒。）

◎满城风雨近重阳。（宋潘大临）

念奴娇

人生能几？总不如休惹、情条恨叶。
刚是尊前同一笑，又到别离时节。
灯炧挑残，炉烟爇尽，无语空凝咽。
一天凉露，芳魂此夜偷接。

怕见人去楼空，
柳枝无恙，犹扫窗间月。
无分暗香深处住，悔把兰襟亲结。
尚暖檀痕，犹寒翠影，触绪添悲切。
愁多成病，此愁知向谁说？

◎又到尊前一笑同，履綦经月断过从。（明王次回《续游十二首》之一）

◎执手相看泪眼，竟无语凝咽。（宋柳永《雨霖铃》）

念奴娇

绿杨飞絮，叹沉沉院落、春归何许？
尽日缁尘吹绮陌，迷却梦游归路。
世事悠悠，生涯非是，醉眼斜阳暮。
伤心怕问，断魂何处金鼓？

夜来月色如银，
和衣独拥，花影疏窗度。
脉脉此情谁得识？又道故人别去。
细数落花，更阑未睡，别是闲情绪。
闻余长叹，西廊唯有鹦鹉。

◎细数落花因坐久，缓寻芳草得归迟。（宋王安石《北山》）

◆此词有“断魂何处金鼓”及“又道故人别处”之句，故人可能指张纯修。张纯修于康熙十八年任湖南江华县令，时三藩之乱尚未平息。此词可能作于十九年暮春。

念奴娇　废园有感

片红飞减，甚东风不语、只催漂泊。
石上胭脂花上露，谁与画眉商略。
碧甃瓶沉，紫钱钗掩，雀踏金铃索。
韶华如梦，为寻好梦担阁。

又是金粉空梁，
定巢燕子，满地香泥落。
欲写华笺凭寄与，多少心情难托。

梅豆圆时，柳绵飘处，失记当时约。
斜阳冉冉，断魂分付残角。

◎云生朱络暗，石断紫钱斜。（唐李贺《过华清宫》）

◎愔愔坊陌人家，定巢燕子，归来旧处。（宋周邦彦《瑞龙吟》）

念奴娇 宿汉儿村

无情野火，趁西风烧遍、天涯芳草。
榆塞重来冰雪里，冷入鬓丝吹老。
牧马长嘶，征笳互动，并入愁怀抱。
定知今夕，庾郎瘦损多少。

便是脑满肠肥，
尚难消受，此荒烟落照。
何况文园憔悴后，非复酒垆风调。
回乐峰寒，受降城远，梦向家山绕。
茫茫百感，凭高唯有清啸。

◎相如与（文君）俱之临邛，尽卖其车骑，买一酒舍酤酒，而令文君当垆。相如身自着犊鼻裈，与保庸杂作，涤器于市中。（《史记·司马相如列传》）

◎回乐峰前沙似雪，受降城外月如霜。（唐李益《夜上受降城闻笛》）

◆按词中描写的是秋冬景色，且曰“榆塞重来”，可知是指作者于康熙二十一年八月至十二月随副都统郎谈赴梭龙时第二次至山海关，故应系于该年八、九月份。汉儿村，今为河北省迁西县汉儿庄乡。

东风第一枝 桃花

薄劣东风，凄其夜雨，
晓来依旧庭院。
多情前度崔郎，应叹去年人面。
湘帘乍卷，早迷了、画梁栖燕。
最娇人清晓莺啼，飞去一枝犹颤。

背山郭、黄昏开遍。
想孤影、夕阳一片。
是谁移向亭皋，伴取晕眉青眼。
五更风雨，算减却、春光一线。
傍荔墙牵惹游丝，昨夜绛楼难辨。

◎夕阳一片桃花影，知是亭亭倩女魂。（明冯小青）

◎树头树底觅残红，一片西飞一片东。自是桃花贪结子，错教人恨五更风。（唐王建《宫词》）

秋 水 听雨

谁道破愁须仗酒，酒醒后，心翻醉。
正香消翠被，隔帘惊听，
那又是点点丝丝和泪。
忆剪烛幽窗小憩。
娇梦垂成，频唤觉一眶秋水。

依旧乱蛩声里，短檠明灭，怎教人睡。
想几年踪迹，过头风浪，

只消受一段横波花底。
向拥髻灯前提起。
甚日还来，同领略夜雨空阶滋味。

◆按此调《谱》、《律》不载，疑亦自度曲。

◎谁道破愁须仗酒，君看。酒到愁多破亦难。（宋赵长卿《南乡子》）

◎夜雨滴空阶，晓灯离暗室。（南朝梁何逊《从镇江州与游故别》）

木兰花慢

立秋夜雨，送梁汾南行。

盼银河迢递，惊入夜，转清商。
乍西园蝴蝶，轻翻麝粉，暗惹蜂黄。
炎凉。
等闲瞥眼，甚丝丝点点搅柔肠。
应是登临送客，别离滋味重尝。

疑将。
水墨罨疏窗。孤影淡潇湘。
倩一叶高梧，半条残烛，做尽商量。
荷裳。
被风暗剪，问今宵谁与盖鸳鸯。
从此羁愁万叠，梦回分付啼螿。

◎八月蝴蝶黄，双飞西园草。（唐李白《长干行》）

◆梁汾即顾贞观号。康熙二十年秋，顾以母丧南归。本词当作于此时。作者另有《送梁汾》诗："西窗凉雨过，一灯乍明灭。……秋风吹蓼花，清泪忽成血。”亦作于同时。

水龙吟 题文姬图

须知名士倾城，一般易到伤心处。
柯亭响绝，四弦才断，恶风吹去。
万里他乡，非生非死，此身良苦。
对黄沙白草，呜呜卷叶，
平生恨，从头谱。

应是瑶台伴侣。
只多了、毡裘夫妇。
严寒觱篥，几行乡泪，应声如雨。
尺幅重披，玉颜千载，依然无主。
怪人间厚福，天公尽付，痴儿騃女。

◎陈留董祀妻者，同郡蔡邕之女也，名琰，字文姬。博学有才辩，又妙于音律。适河东卫仲道。夫亡无子，归宁于家。兴平中，天下丧乱，文姬为胡骑所获，没于南匈奴左贤王，在胡十二年，生二子。曹操素与邕善，痛其无嗣，乃遣使者以金璧赎之，而重嫁于祀。……后感伤乱离，追怀悲愤，作诗二章。（《后汉书·列女传》。琴曲歌辞《胡笳十八拍》相传亦为琰所作。）

◎（蔡）邕告吴人曰：“吾昔尝经会稽高迁亭，见屋椽竹东间第十六可以为笛。”取用，果有异声。（《后汉书·蔡邕传》“乃亡命江海，远迹吴会”注引张骘《文士传》）

◎（蔡）邕夜鼓琴，弦绝。（蔡）琰曰：“第二弦。”邕曰：“偶得之耳。”故断一弦问之，琰曰：“第四弦。”并不差谬。（《后汉书·列女传》引刘昭《幼童传》）

◎毡裘为裳兮骨肉震惊，羯膻为味兮枉遏我情。（《胡笳十八拍》）

◎“只多”句谓文姬本该成为汉家贵族的配偶，不料却为胡人所得，徒然增加了一对身穿毡裘的夫妻。

水龙吟 再送荪友南还

人生南北真如梦，但卧金山高处。
白波东逝，鸟啼花落，任他日暮。
别酒盈觞，一声将息，送君归去。
便烟波万顷，半帆残月，
几回首，相思否。

可忆柴门深闭，玉绳低、剪灯夜语。
浮生如此，别多会少，不如莫遇。
愁对西轩，荔墙叶暗，黄昏风雨。
更那堪几处，金戈铁马，把凄凉助。

◎晓饮岂知金掌迥，夜吟应讶玉绳低。（唐李商隐《寄令狐学士》）

◆此词语多酸楚，与严所作《进士纳兰君哀词》“岁四月，余以将归，入辞容若，时坐无馀人，相与叙生平聚散，究人事之终始。语有所及，怆然伤怀”，及作者《送荪友》、《暮春别严四荪友》二诗内容一致，当作于康熙二十四年四月严第二次南归时。前已作二诗，故曰“再送”。参见前《浣溪沙》（藕荡桥边理钓筩）注。

齐天乐 上元

阑珊火树鱼龙舞，望中宝钗楼远。
靺鞨馀红，琉璃剩碧，

待属花归缓缓。
寒轻漏浅。正乍敛烟霏，陨星如箭。
旧事惊心，一双莲影藕丝断。

莫恨流年似水，
恨消残蝶粉，韶光忒贱。
细语吹香，暗尘笼鬓，都逐晓风零乱。
阑干敲遍。问帘低纤纤，甚时重见？
不解相思，月华今夜满。

◎游九仙山，闻里中儿歌《陌上花》。父老云：吴越王妃每岁春必归临安，王以书遗妃曰："陌上花开，可缓缓归矣。"吴人用其语为歌，含思宛转，听之凄然。（宋苏轼《陌上花引》。此句谓游人慢慢地归家。）

◎闻道绮陌东头，行人曾见，帘底纤纤月。（宋辛弃疾《念奴娇》）

齐天乐 洗妆台怀古

六宫佳丽谁曾见，层台尚临芳渚。
露脚斜飞，虹腰欲断，
荷叶未收残雨。
添妆何处，试问取雕笼，雪衣分付。
一镜空濛，鸳鸯拂破白蘋去。

相传内家结束，
有帊装孤稳，靴缝女古。
冷艳全消，苍苔玉匣，翻出十眉遗谱。
人间朝暮。看胭粉亭西，几堆尘土。
只有花铃，绾风深夜语。

◆北京北海公园的琼华岛，相传为辽后洗妆台故址。《大清一统志·京师》二："琼华岛，在西苑太液池上。……蒋一葵《尧山堂外纪》：'金章宗为李宸妃建梳妆台于都城东北隅，今琼华岛即其故迹。目为辽后梳妆台，误。'"此题材当时作者甚多，有清朱彝尊《台城路·辽后洗妆台》、曹贞吉《台城路·辽后洗妆楼》、严绳孙《台城路·萧后妆楼》、顾贞观《台城路·梳妆台怀古》、陈维崧《齐天乐·辽后妆台》，唯高士奇《台城路·苑西梳妆楼怀古》下有"和成容若"语，可能是性德首唱，其馀诸人先后和作。

齐天乐 塞外七夕

白狼河北秋偏早，星桥又迎河鼓。
清漏频移，微云欲湿，
正是金风玉露。
两眉愁聚。待归踏榆花，那时才诉。
只恐重逢，明明相视更无语。

人间别离无数。
向瓜果筵前，碧天凝伫。
连理千花，相思一叶，毕竟随风何处。
羁栖良苦。算未抵空房，冷香啼曙。
今夜天孙，笑人愁似许。

◎河鼓谓之牵牛。（《尔雅》）

◎由来碧落银河畔，可要金风玉露时。清漏渐移相望久，微云未接过来迟。（唐李商隐《辛未七夕》）

◎欲将心向仙郎说，借问榆花早晚秋。（清曹唐《织女怀牵牛》）

◎河鼓大星……其北织女。织女，天女孙也。（《史记·天官书》《索隐》："织女，天孙也。"天孙，即织女星。）

◆据《清实录》，康熙二十二年六月，"丁亥，上出古北口"避暑，至七月中旬，"甲午，上奉太皇太后回京"。又二十三年五月，"丁亥，上出古北口驻跸"，至七月下旬，"戊申，上回宫"。两次都在塞外度过七夕。又据徐乾学所作作者墓志铭，康熙两次出行，纳兰均扈从在侧。此词作于二十二年还是二十三年，未能确定。作者又有《浣溪沙》（已惯天涯莫浪愁）词，词中有"笑人寂寂有牵牛"之语，当亦作于此二年中之七夕。

◆逼真北宋慢词。（清谭献《箧中词》）

瑞鹤仙

丙辰生日自寿。起用《弹指词》句，并呈见阳。

马齿加长矣。枉碌碌乾坤，问汝何事。
浮名总如水。判尊前杯酒，一生长醉。
残阳影里，问归鸿、归来也未。
且随缘、去住无心，冷眼华亭鹤唳。

无寐。
宿酲犹在。小玉来言，日高花睡。
明月阑干，曾说与、应须记。
是蛾眉便自、供人嫉妒，风雨飘残花蕊。
叹光阴老我无能，长歌而已。

◎陆平原（机）河桥败，为卢志所谗，被诛。临刑叹曰："欲闻华亭鹤唳，可复得乎！"（《世说新语·尤悔》）

◆作者生于顺治十一年十二月十二日（据高士奇《摸鱼儿》腊月十二日成容若生日索赋。公历为1655年1月19日）。丙辰为康熙十五年（1676），作者二十二岁。《弹指词》：顾贞观的词集名。顾贞观《金缕曲·丙午生日自寿》词:“马齿加长矣。向天公、投笺试问,生余何意。”见阳:张纯修,见前《菊花新》注。

雨霖铃 种柳

横塘如练。日迟帘幕,烟丝斜卷。
却从何处移得,章台仿佛,乍舒娇眼。
恰带一痕残照,锁黄昏庭院。
断肠处又惹相思,碧雾濛濛度双燕。

回阑恰就轻阴转。
背风花、不解春深浅。
托根幸自天上,曾试把霓裳舞遍。
百尺垂垂,早是酒醒莺语如剪。
只休隔梦里红楼,望个人儿见。

疏　影 芭蕉

湘帘卷处,甚离披翠影,绕檐遮住。
小立吹裙,常伴春慵,掩映绣妆金缕。
芳心一束浑难展,清泪裹、隔年愁聚。
更夜深细听,空阶雨滴,梦回无据。

正是秋来寂寞,
偏声声点点,助人离绪。
缬被初寒,宿酒全醒,搅碎乱蛩双杵。
西风落尽梧桐叶,还剩得、绿阴如许。
想玉人、和露折来,曾写断肠诗句。

◎芭蕉不展丁香结，同向春风各自愁。（唐李商隐《代赠二首》之一）

◎秋雨沉沉滴夜长，梦难成处转凄凉。芭蕉叶上梧桐里，点点声声有断肠。（宋朱淑真《闷怀二首》之二）

潇湘雨 送西溟归慈溪

长安一夜雨，便添了几分秋色。
奈此际萧条，无端又听、渭城风笛。
咫尺层城留不住，
久相忘、到此偏相忆。
依依白露丹枫，渐行渐远，天涯南北。

凄寂。
黔娄当日事，总名士如何消得。
只皂帽蹇驴，西风残照，倦游踪迹。
廿载江南犹落拓，叹一人知己终难觅。
君须爱酒能诗，鉴湖无恙，一蓑一笠。

◆按此调《谱》、《律》不载，疑亦自度曲。

◎眼共云山昏惨惨，心随烟水去悠悠。一蓑一笠任孤舟。（宋王质《浣溪沙》）

◆此词作于康熙十八年。西溟即姜宸英。参见后页《金缕曲》词（谁复留君住）注。

风流子 秋郊射猎

平原草枯矣，重阳后，黄叶树骚骚。

记玉勒青丝，落花时节，
曾逢拾翠，忽忆吹箫。
今来是，烧痕残碧尽，霜影乱红凋。
秋水映空，寒烟如织，
皂雕飞处，天惨云高。

人生须行乐，君知否，容易两鬓萧萧。
自与东风作别，刬地无聊。
算功名何似，等闲博得，
短衣射虎，沽酒西郊。
便向夕阳影里，倚马挥毫。

◎碧纱窗外叶骚骚。（唐徐凝《莫愁曲》）

◎平林漠漠烟如织，寒山一带伤心碧。（唐李白《菩萨蛮》）

◆其慢词如《风流子·秋郊即事》云（略）。意境虽不甚深，风骨渐能骞举，视短调为有进。更进庶几沉着矣。歇拍“便向夕阳”云云，嫌平易无远致。（清况周颐《蕙风词话》）

沁园春

试望阴山，黯然销魂，无言徘徊。
见青峰几簇，去天才尺；
黄沙一片，匝地无埃。
碎叶城荒，拂云堆远，
雕外寒烟惨不开。
踟蹰久，忽冰崖转石，万壑惊雷。

穷边自足愁怀。又何必平生多恨哉？

只凄凉绝塞，蛾眉遗冢；
销沉腐草，骏骨空台。
北转河流，南横斗柄，
略点微霜鬓早衰。
君不信，向西风回首，百事堪哀。

◎黯然销魂者，唯别而已矣！（南朝宋江淹《别赋》）

◎连峰去天不盈尺，枯松倒挂倚绝壁。（唐李白《蜀道难》）

◎飞湍瀑流争喧豗，砯崖转石万壑雷。（唐李白《蜀道难》）

◆词中提到阴山，可能作于康熙二十二年九月扈驾至五台山时。

沁园春

丁巳重阳前三日，梦亡妇淡妆素服，执手哽咽，语多不复能记。但临别有云："衔恨愿为天上月，年年犹得向郎圆。"妇素未工诗，不知何以得此也。觉后感赋长调。

瞬息浮生，薄命如斯，低徊怎忘。
自那番摧折，无衫不泪；
几年恩爱，有梦何妨。
最苦啼鹃，频催别鹄，
赢得更阑哭一场。
遗容在，只灵飙一转，未许端详。

重寻碧落茫茫。料短发朝来定有霜。
信人间天上，尘缘未断；
春花秋月，触绪堪伤。
欲结绸缪，翻惊漂泊，
两处鸳鸯各自凉。

真无奈，把声声檐雨，谱入愁乡。

◆丁巳为康熙十六年(1677)，作者二十三岁。卢氏死于该年五月三十日。

沁园春

梦冷蘅芜，却望姗姗，是耶非耶？
怅兰膏渍粉，尚留犀合；
金泥蹙绣，空掩蝉纱。
影弱难持，缘深暂隔，
只当离愁滞海涯。
归来也，趁星前月底，魂在梨花。

鸾胶纵续琵琶。问可及当年萼绿华？
但无端摧折，恶经风浪；
不如零落，判委尘沙。
最忆相看，娇讹道字，
手剪银灯自泼茶。
今已矣，便帐中重见，那似伊家。

◎萼绿华者，自云是南山人，不知是何山也。女子，年可二十上下，青衣，颜色绝整。以升平三年十一月十日夜降于羊权家，自此往来，一月辄六过其家……与权尸解药，亦隐景化形而去。(《真诰·运象》)

◎道字娇讹语未成，未应春阁梦多情。(宋苏轼《浣溪沙》。娇讹道字：形容青年妇女读字不准。)

◆此词可能作于康熙十六年妻子卢氏死后不久。

金缕曲 赠梁汾

德也狂生耳。
偶然间、缁尘京国，乌衣门第。
有酒惟浇赵州土，谁会成生此意。
不信道、竟逢知己。
青眼高歌俱未老，向尊前、拭尽英雄泪。
君不见，月如水。

共君此夜须沉醉。
且由他、蛾眉谣诼，古今同忌。
身世悠悠何足问，冷笑置之而已。
寻思起、从头翻悔。
一日心期千劫在，后身缘、恐结他生里。
然诺重，君须记。

◎古之平原君虚己下士，深可敬慕。今日既无其人，惟当买丝绣其形而奉之，取酒浇其墓而吊之已矣。深叹举世无有能得士者。（唐李贺《浩歌》："买丝绣作平原君，有酒唯浇赵州土。"王琦注）

◎众女嫉余之蛾眉兮，谣诼谓余以善淫。（战国屈原《离骚》。顾贞观曾因受人诽谤落职，他在性德的祭文中说："洎谗口之见攻，虽毛里之戚，未免致疑于投杼，而吾哥必阴为调护。"）

◆顾贞观（梁汾）在和韵词中附注："岁丙辰，容若二十有二，乃一见即恨识余之晚。阅数日，填此曲为余题照。"可证此词作于丙辰，即康熙十五年。

【附】

金缕曲 酬容若见赠次原韵

顾贞观

且住为佳耳。
任相猜、驰笺紫阁，曳裾朱第。
不是世人皆欲杀，争显怜才真意。
容易得、一人知己。
惭愧王孙图报薄，只千金、当洒平生泪。
曾不直，一杯水。

歌残击筑心逾醉。
忆当年、侯生垂老，始逢无忌。
亲在许身犹未得，侠烈今生已已。
但结记、来生休悔。
俄顷重投胶在漆，似旧曾、相识屠沽里。
名预籍，石函记。

◆金粟顾梁汾舍人风神俊朗，大似过江人物。无锡严荪友诗："曈曈晓日凤城开，才是仙郎下直回。绛蜡未销封诏罢，满身清露落宫槐。"其标格如许。画侧帽投壶图，长白成容若题《贺新凉》一阕于上云（即本词，略）。词旨嵚崎磊落，不啻坡老稼轩。都下竞相传写，于是教坊歌曲间无不知有《侧帽词》者。（清徐釚《词苑丛谈》）

金缕曲

再赠梁汾，用秋水轩旧韵。

洒涴青衫卷。
尽从前、风流京兆，闲情未遣。

江左知名今廿载，枯树泪痕休泫。
摇落尽、玉蛾金茧。
多少殷勤红叶句，御沟深、不似天河浅。
空省识，画图展。

高才自古难通显。
枉教他、堵墙落笔，凌云书扁。
入洛游梁重到处，骇看村庄吠犬。
独憔悴、斯人不免。
衮衮门前题凤客，竟居然、润色朝家典。
凭触忌，舌难剪。

◎桓公（温）北征经金城，见前为琅邪时种柳皆已十围，慨然曰："木犹如此，人何以堪。"攀枝执条，泫然流泪。（《世说新语·言语》）

◎顾况在洛，乘间与三诗友游于苑中，坐流水上，得大梧叶，题诗上曰："一入深宫里，年年不见春。聊题一片叶，寄与有情人。"况明日于上游亦题叶上，放于波中。诗曰："花落深宫莺亦悲，上阳宫女断肠时。帝城不禁东流水，叶上题诗欲寄谁？"后十馀日，有人于苑中寻春，又于叶上得诗，以示况。诗曰："一叶题诗出禁城，谁人酬和独含情。自嗟不及波中叶，荡漾乘春取次行。"（唐孟棨《本事诗·情感第一》）

◎画图省识春风面，环佩空归夜月魂。（唐杜甫《咏怀古迹》之三）

◎"多少"以下四句有关宫女，事实不详。

◎至太康末，（陆机）与弟云俱入洛，造太常张华。华素重其名，如旧相识。（《晋书·陆机传》）

◎是时梁孝王来朝，从游说之士齐人邹阳、淮阴枚乘、吴严忌夫子之徒，相如见而说之，因病免，客游梁，得与诸侯游士居。（《汉书·司马相如传》。游梁，谓与名士交游。）

◎冠盖满京华，斯人独憔悴。（唐杜甫《梦李白二首》之二）

◎秋水轩，清周在浚书斋名。在浚字雪客，著有《云烟过眼录》、《秋水轩集》。据龚鼎孳《贺新郎》（按即《金缕曲》）小序：“青藜将南行，招同檗子、方虎、维则、石潭、谷梁集雪客秋水轩，即席和顾菴韵。”可知上述诸人在秋水轩聚会为青藜送行，首先由顾菴（曹尔堪）作《贺新郎》词，然后龚等诸人步韵倡和，一律用“卷遣泫茧浅展显扁犬免典剪”押韵。后来曹贞吉、徐釚、顾贞观等以这些字押韵作词的人很多，就称之为“秋水轩倡和韵”或“秋水轩旧韵”。题曰“再赠梁汾”，可能作于《金缕曲·赠梁汾》（德也狂生耳）后不久，即康熙十五年。

金缕曲

生怕芳尊满。
到更深、迷离醉影，残灯相伴。
依旧回廊新月在，不定竹声撩乱。
问愁与、春宵长短。
燕子楼空弦索冷，任梨花、落尽无人管。
谁领略，真真唤。

此情拟倩东风浣。
奈吹来、馀香病酒，旋添一半。
惜别江淹消瘦了，怎耐轻寒轻暖。
忆絮语、纵横茗盌。
滴滴西窗红蜡泪，那时肠、早为而今断。
任角枕，欹孤馆。

◎芳尊徒自满，别恨转难胜。（唐骆宾王《别李峤得胜字》）

◎怕梨花落尽成秋色。（宋姜夔《淡黄柳》）

金缕曲

简梁汾，时方为吴汉槎作归计。

酒尽无端泪。
莫因他、琼楼寂寞，误来人世。
信道痴儿多厚福，谁遣偏生明慧。
就更着、浮名相累。
仕宦何妨如断梗，只那将、声影供群吠。
天欲问，且休矣。

情深我自拚憔悴。
转丁宁、香怜易爇，玉怜轻碎。
羡煞软红尘里客，一味醉生梦死。
歌与哭、任猜何意。
绝塞生还吴季子，算眼前、此外皆闲事。
知我者，梁汾耳。

◎谚曰："一犬吠形，百犬吠声。"世之疾此，固久矣哉。（汉王符《潜夫论》）

◎"仕宦"二句谓官职本无足道，可以视同断梗残枝，但以莫须有的罪名被人论罪，实在冤枉。

◎半白不羞垂领发，软红犹恋属车尘。（宋苏轼《次韵蒋颖叔钱穆父从驾景灵宫二首》之一。自注："前辈戏语，有西湖风月，不如东华软红香土。"）

◆《清史列传》卷七十《吴兆骞传》：吴兆骞，字汉槎，江苏吴江人。少有隽才，及长，才名动一世。顺治十四年，举于乡，以科场事逮系，遣戍宁古塔，居塞上二十三年。后其友顾贞观商于纳兰性德、徐乾学为纳锾。康熙二十年蒙恩赦还。逾三年卒，年五十四。著《秋笳集》。顾贞观作

《金缕曲》二首寄吴兆骞，其序云作于丙辰（1676）冬。纳兰性德读之大为感动，遂挺身相助。本词当作于此时或稍后。

◆汉槎，梁汾友耳。容若感梁汾词，谋赎汉槎归，曰：“三千六百日中，吾必有以报梁汾。”厥后卒能不食其言，遂有“绝塞生还吴季子，算眼前此外皆闲事”句。（清谢章铤《赌棋山庄词话》）

◆康熙初，吴汉槎兆骞谪戍宁古塔。其友顾贞观华峰馆于纳兰太傅家，寄吴《金缕曲》云云。太傅之子成容若见之，泣曰：“河梁生别之诗，山阳死友之传，得此而三。此事三千六百日中，我当以身任之。”华峰曰：“人寿几何，公子乃以十载为期耶？”太傅闻之，竟为道地，而汉槎生入玉门关矣。（清袁枚《随园诗话》）

金缕曲 慰西溟

何事添凄咽。
但由他、天公簸弄，莫教磨涅。
失意每多如意少，终古几人称屈。
须知道、福因才折。
独卧藜床看北斗，背高城、玉笛吹成血。
听谯鼓，二更彻。

丈夫未肯因人热。
且乘闲、五湖料理，扁舟一叶。
泪似秋霖挥不尽，洒向野田黄蝶。
须不羡、承明班列。
马迹车尘忙未了，任西风、吹冷长安月。
又萧寺，花如雪。

◎比舍先炊，已，呼鸿及热釜炊。鸿曰：“童子鸿不因人热者也。”灭

灶更燃之。(《东观汉记》十八《梁鸿传》)

◎洛阳城里花如雪,陆浑山中今始发。(唐宋之问《寒食还陆浑别业》)

◆西溟:即姜宸英,参见下阕《金缕曲》(谁复留君住)注。西溟在祭纳兰性德的祭文中说:“分袂南还,旋复合并于午未间。我蹶而穷,百忧萃止。是时归兄,馆我萧寺。”而此词结尾曰:“又萧寺,花如雪。”午未为康熙十七年(戊午)和十八年(己未),此词当作于十八年初秋,叶方蔼、韩菼欲推荐姜参加博学鸿儒科,未果,故性德作此词,表示慰问。

【附】

金缕曲

严绳孙

赠西溟，次容若韵。

画角三声咽。
倩星前、梵钟敲破，三生慧业。
身后虚名当日酒，未彀消磨才杰。
君莫叹、兰摧玉折。
多少青蝇相吊罢，鲍家诗、碧溅秋坟血。
听鬼唱，几时彻。

更谁炙手真堪热。
只些儿、翻云覆雨，移根黄叶。
我是漆园工隐几，也任人猜蝴蝶。
凭寄语、四明狂客。
烂醉绿槐双影畔，照伤心、一片琳宫月。
归梦冷，逐回雪。

金缕曲

西溟言别，赋此赠之。

谁复留君住。
叹人生、几番离合，便成迟暮。
最忆西窗同剪烛，却话家山夜雨。
不道只、暂时相聚。
衮衮长江萧萧木，送遥天、白雁哀鸣去。
黄叶下，秋如许。

曰归因甚添愁绪？
料强似、冷烟寒月，栖迟梵宇。
一事伤心君落魄，两鬓飘萧未遇。
有解忆、长安儿女。
裘敝入门空太息，信古来才命真相负。
身世恨，共谁语？

◎无边落木萧萧下，不尽长江滚滚来。（唐杜甫《登高》）

◎遥怜小儿女，未解忆长安。（唐杜甫《月夜》）

◆姜宸英，字西溟，浙江慈溪人。连蹇不得志。康熙三十六年成进士，授翰林院编修，年已七十矣。病卒，年七十二。著有《湛园集》八卷、《苇间集诗》十卷。按姜宸英于康熙十二年离京，参加徐乾学主持的《一统志》编撰，十七年回京。据严绳孙《金缕曲·送西溟奔母丧南归次韵》及陈维崧《贺新郎·送西溟南归和容若韵时西溟丁内艰（《贺新郎》即《金缕曲》），则此次离京，实因母丧。又据清朱彝尊《孝洁姜先生墓志铭》，西溟之父孝洁“卒于草坪旅舍，时康熙十一年五月日也……先生殁后七年，孙孺人亦卒”，则西溟之母死于康熙十八年。此词当作于十八年秋。此首写西溟告别，后作者又作《潇湘雨》词送别。

【附】

贺新郎

陈维崧

送西溟南归，和容若韵。时西溟丁内艰。

三载徐园住。
记缠绵、春衫雪屐，几曾离阻。
又作昭王台畔客，日日旗亭画句。
最难得、他乡欢聚。
眼底独怜君落拓，又何堪、鹃鸟啼红去。
都不信，竟如许。

千丝漫理无头绪。
问愁悰、原非只为，渭城朝雨。
如此人还如此别，说甚凌云遭遇。
笑多少、痴儿騃女。
本拟三冬长剪烛，怅今番、旧约成孤负。
和残菊，隔篱语。

金缕曲

严绳孙

送西溟奔母丧南归次韵。

此恨何当住。
也须知、王和生死，总成离阻。
真使通都闻恸哭，废尽《蓼莪》诗句。
算母子、寻常欢聚。
秫稻登场春韭绿，便休论、万里封侯去。
须富贵，竟何许。

片帆触处成悲绪。
问从今，樯乌堠燕，几番风雨。
不尔置君天禄阁，未算人生奇遇。
甚一种、世间儿女。
画荻教成羞半豹，早高堂、鸾诰偏无负。
天可告，傥相语。

金缕曲 寄梁汾

木落吴江矣。
正萧条、西风南雁，碧云千里。
落魄江湖还载酒，一种悲凉滋味。
重回首、莫弹酸泪。
不是天公教弃置，是才华、误却方城尉。
飘泊处，谁相慰。

别来我亦伤孤寄。
更那堪、冰霜摧折，壮怀都废。
天远难穷劳望眼，欲上高楼还已。
君莫恨、埋愁无地。
秋雨秋花关塞冷，且殷勤、好作加餐计。
人岂得，长无谓。

◎碧云千里暮愁合，白雪一声春思长。（唐许浑《和刘三复送僧南归》）

◎落魄江湖载酒行，楚腰纤细掌中轻。（唐杜牧《遣怀》）

◎方城：县名，属河南省。唐代诗人温庭筠曾被贬为方城尉。

◎令狐绹曾以旧事访于（温）庭筠，对曰："事出《南华》，非僻书也。或冀相公燮理之暇，时宜览古。”绹益怒，奏庭筠有才无行，卒不登第。庭筠有诗曰：“因知此恨人多积，悔读《南华》第二篇。”（宋计有功《唐诗纪事》卷五十四。《南华经》即《庄子》。）

◎天远难穷休久望，楼高欲下还重倚。（宋辛弃疾《满江红》）

◎人生岂得长无谓，怀古思乡共白头。（唐李商隐《无题》）

◆顾贞观（梁汾）于康熙二十年秋因母丧南归，二十二年春，作者有《菩萨蛮·寄梁汾苕中》，苕中与本词中的“吴江”近在咫尺。本词有“秋雨秋花关塞冷”之句，因此可能作于二十二年九至十月扈驾至五台山时。

金缕曲 亡妇忌日有感

此恨何时已。
滴空阶、寒更雨歇，葬花天气。
三载悠悠魂梦杳，是梦久应醒矣。
料也觉、人间无味。
不及夜台尘土隔，冷清清、一片埋愁地。
钗钿约，竟抛弃。

重泉若有双鱼寄。
好知他、年来苦乐，与谁相倚。
我自终宵成转侧，忍听湘弦重理？
待结个、他生知己。
还怕两人都薄命，再缘悭、剩月零风里。
清泪尽，纸灰起。

◎夜雨滴空阶，晓灯离暗室。（南朝梁何逊《从镇江州与游故别》）

◎坟墓一闭，无复见明，故云长夜台。（《文选·陆机〈挽歌〉》“按辔遵长薄，送子长夜台”李周翰注。）

◆作者妻子卢氏死于康熙十六年五月三十日，此词有“三载悠悠魂梦杳”之句，当作于十九年五月三十日。

金缕曲

未得长无谓。
竟须将、银河亲挽，普天一洗。
麟阁才教留粉本，大笑拂衣归矣。
如斯者、古今能几。
有限好春无限恨，没来由、短尽英雄气。
暂觅个，柔乡避。

东君轻薄知何意。
尽年年、愁红惨绿，添人憔悴。
两鬓飘萧容易白，错把韶华虚费。
便决计、疏狂休悔。
但有玉人常照眼，向名花美酒拚沉醉。
天下事，公等在。

◎人生岂得长无谓，怀古思乡共白头。（唐李商隐《无题》）

◎但有玉人长照眼，更无尘务暂经心。（明王次回《梦游十二首》之八）

◎性德致严绳孙书札：“弟比来从事鞍马间，益觉疲顿。……从前壮志，都已隳尽。昔人言，身后名不如生前一杯酒。此言大是。弟是以甚慕魏公子之饮醇酒近妇人也。”

摸鱼儿 午日雨眺

涨痕添、半篙柔绿，蒲稍荇叶无数。
空濛台榭烟丝暗，白鸟衔鱼欲舞。
桥外路。正一派、画船箫鼓中流住。
呕哑柔橹，又早拂新荷，
沿堤忽转，冲破翠钱雨。

蒹葭渚，不减潇湘深处。
霏霏漠漠如雾。
滴成一片鲛人泪，也似汨罗投赋。
愁难谱。只彩线、香菰脉脉成千古。
伤心莫语。
记那日旗亭，水嬉散尽，中酒阻风去。

◎涨西湖，半篙新绿。（元张翥《摸鱼儿》）

◎江浦呕哑风送橹，河桥勃窣柳垂堤。（唐胡宿《赵宗道归辇下》）

◎霏霏漠漠暗和春，幂翠凝红色更新。（唐吴融《春雨》）

◎却忆紫微情调逸，阻风中酒过年年。（五代韦庄《宿蓬船》）

◎“伤心”四句回忆旧事，记得那年端五日，酒后漫步，游人散尽，忽然见一属意女子，至今心中还感到惆怅。参见前《减字木兰花》（花丛冷眼）注。

摸鱼儿 送别德清蔡夫子

问人生、头白京国，算来何事消得。
不如罨画清溪上，蓑笠扁舟一只。
人不识。且笑煮鲈鱼，趁着莼丝碧。

无端酸鼻。向歧路销魂，
征轮驿骑，断雁西风急。

英雄辈，事业东西南北。
临风因甚成泣。
酬知有愿频挥手，零雨凄其此日。
休太息。须信道、诸公衮衮皆虚掷。
年来踪迹。
有多少雄心，几番恶梦，泪点霜华织。

◎张季鹰辟齐王东曹掾，在洛见秋风起，因思吴中菰菜莼羹、鲈鱼脍，曰：“人生贵适意尔，何能羁宦数千里以要名爵。”遂命驾便归。（《世说新语·识鉴》）

◎风急雁行吹字断。（宋欧阳修《渔家傲》）

◆蔡夫子，即蔡启僔。作者于康熙十一年中顺天乡试举人，蔡为主试官，故称之为夫子。徐倬《蔡昆旸先生传》：蔡昆旸先生，讳启僔，字石公，浙江德清人也。庚戌捷南宫，天子亲擢第一。壬子主顺天乡试，与昆山徐健菴先生同事。然以小过挂吏议归里。丙辰，服阕赴京。丁巳，以病归。癸亥，遂得末疾以终，盖年六十有五也。按蔡于十一年主持乡试，为人弹劾，去职回乡。十五年回京复职，十六年因病辞官。此词多牢骚不平之语，当作于十一年秋蔡离京时。

青衫湿 悼亡

青衫湿遍，凭伊慰我，忍便相忘。
半月前头扶病，剪刀声、犹共银釭。
忆生来小胆怯空房。
到而今独伴梨花影，冷冥冥、尽意凄凉。

愿指魂兮识路，教寻梦也回廊。

咫尺玉钩斜路，一般消受，蔓草斜阳。
判把长眠滴醒，和清泪、搅入椒浆。
怕幽泉还为我神伤。
道书生薄命宜将息，再休耽、怨粉愁香。
料得重圆密誓，难禁寸裂柔肠。

◆按此调《谱》、《律》不载，疑亦自度曲。

◎玉钩斜：在江苏省扬州西，相传为隋炀帝葬宫人之处。此处借指卢氏厝柩之地。卢氏卒后，可能暂厝于什刹海的龙华寺，与性德家近在咫尺，故曰："一般消受，蔓草斜阳。"

◆据叶舒崇《皇清纳腊室卢氏墓志铭》，卢氏生产后，"乃膺沉痼，弥月告凶"，于康熙十六年五月三十日卒。

忆桃源慢

斜倚熏笼，隔帘寒彻，彻夜寒如水。
离魂何处，一片月明千里。
两地凄凉，多少恨，分付药炉烟细。
近来情绪，非关病酒，如何拥鼻长如醉。
转寻思不如睡也，看道夜深怎睡。

几年消息浮沉，把朱颜顿成憔悴。
纸窗淅沥，寒到个人衾被。
篆字香消灯炧冷，不算凄凉滋味。
加餐千万，寄声珍重，而今始会当时意。
早催人一更更漏，残雪月华满地。

◎新来瘦，非干病酒，不是悲秋。（宋李清照《凤凰台上忆吹箫》）

◎（谢）安能作洛下书生咏，而少有鼻疾，语音浊。后名流多学其咏弗能及，手掩鼻而吟焉。（《世说新语·雅量》“方作洛生咏讽”注引宋明帝《文章志》。后指用雅音曼声吟咏为拥鼻吟。）

湘灵鼓瑟

新睡觉，听漏尽乌啼欲晓。
屏侧坠钗扶不起，泪浥馀香悄悄。
任百种思量都来，拥枕薄衾颠倒。
土木形骸，自甘憔悴，
只平白占伊怀抱。
看萧萧一剪梧桐，此日秋光应到。

若不是忧能伤人，怎青镜朱颜便老。
慧业重来偏命薄，悔不梦中过了。
忆少日清狂，花间马上，软风斜照。
端的而今，误因疏起，
却懊恼误人年少。
料应他此际闲眠，一样百愁难扫。

◆按此调《谱》、《律》不载，疑亦自度曲。一本作《剪梧桐》。

◎万误曾因疏处起，一闲且向贫中觅。（宋蒋捷《满江红》）

大　酺　寄梁汾

怎一炉烟，一窗月，断送朱颜如许。
韶华犹在眼，怪无端吹上，几分尘土。

手捻残枝，沉吟往事，浑似前生无据。
鳞鸿凭谁寄，想天涯只影，凄风苦雨。
便砑损吴绫，啼沾蜀纸，有谁同赋。

当时不是错，好花月、合受天公妒。
只索倩、春归燕子，
说与从头，争教他、会人言语。
万一离魂遇，偏梦被、冷香萦住。
刚听得、城头鼓。
相思何益，待把来生祝取。
慧业相同一处。

◎凭寄离恨重重，这双燕，何曾会人言语。（宋赵佶《燕山亭》）

◎直道相思了无益，未妨惆怅是清狂。（唐李商隐《无题二首》之二）

◆康熙十六年春顾贞观南归，此词可能作于十七年。

卷 五

忆王孙

暗怜双绁郁金香。欲梦天涯思转长。
几夜东风昨夜霜。减容光。莫为繁花又断肠。

忆王孙

刺桐花下是儿家。已拆秋千未采茶。
睡起重寻好梦赊。忆交加。倚着闲窗数落花。

◎愿结交加梦，因倾潋滟尊。（唐韩偓《春闺》诗之一。交加：指男女偎依，亲密无间。）

调笑令

明月，明月。曾照个人离别。
玉壶红泪相偎。还似当年夜来。
来夜，来夜。肯把清辉重借？

◎魏文帝（曹丕）所爱美人，姓薛，名灵芸，常山人也。……乃以献文帝，灵芸闻别父母，歔欷累日，泪下沾衣。至升车就路之时，以玉唾壶承泪，壶即红色。既发常山，及至京师，壶中泪凝如血矣。（晋王嘉《拾遗记》卷七）

◎灵芸未至京师十里，帝乘雕玉之辇以望车徒之盛，嗟曰：“昔者言朝为行云，暮为行雨，今非云非雨，非朝非暮。”改灵芸之名曰夜来。（晋王嘉《拾遗记》卷七）

忆江南

江南好，建业旧长安。
紫盖忽临双鹢渡，翠华争拥六龙看。
雄丽却高寒。

◎晋家南渡日，此地旧长安。（唐李白《金陵三首》之一）

◎此首词及以下九首：均为康熙二十三年九月至十一月作者扈驾南巡（《清实录》称东巡）时所作。参阅前《菩萨蛮》词（惊飙掠地冬将半）注。

忆江南

江南好，城阙尚嵯峨。
故物陵前惟石马，遗踪陌上有铜驼。
玉树夜深歌。

◎后主每引宾客对贵妃等游宴，则使诸贵人及女学士与狎客共赋新诗，互相赠答。采其尤艳丽者，以为曲调，被以新声。选宫女有容色者以千百数，令习而歌之。分部迭进，持以相乐。其曲有《玉树后庭花》、《临春乐》等，大抵所归，皆美张贵妃、孔贵嫔之容色也。（《陈书·后主张贵妃》）

忆江南

江南好，怀古意谁传？
燕子矶头红蓼月，乌衣巷口绿杨烟。
风景忆当年。

忆江南

江南好，虎阜晚秋天。
山水总归诗格秀，笙箫恰称语音圆。
谁在木兰船？

◆罗子远《清平乐》“两桨能吴语”五字甚新。杨柳渡头，荷花荡口，暖风十里，剪水咿哑，声愈柔而景愈深。尝读《饮水词·望江南》云：“江南好，虎阜晚秋天。山水总归诗格秀，笙箫恰称语音圆，人在木兰船。”笙箫句与此两桨句同一妙于领会。（清况周颐《蕙风词话》卷二）

忆江南

江南好，真个到梁溪。
一幅云林高士画，数行泉石故人题。
还似梦游非？

◎（严绳孙）兼工书画，梁溪人争以倪云林目之。（《清史列传·严绳孙传》。故人，即指严绳孙。）

忆江南

江南好，水是二泉清。
味永出山那得浊，名高有锡更谁争？
何必让中泠。

◎二泉：惠山泉，在江苏无锡惠山下，水清味醇，唐陆羽评为天下第二泉，简称二泉。

◎锡山，在无锡西五里，惠山之支麓也。唐陆羽《惠山记》：东峰当周秦间大产铅锡，故名锡山。汉兴，锡方殚，故创无锡县。王莽时锡复出，改县名曰有锡。……自光武至孝顺之世，锡果竭，顺帝更为无锡县。（《大清一统志·常州府》一）

◎中泠泉，在江苏镇江市西北石山簰东。唐刘伯刍评为天下第一泉。

忆江南

江南好，佳丽数维扬。
自是琼花偏得月，那应金粉不兼香。
谁与话清凉？

◎旧扬州后土祠有琼花一株，相传为唐人所植，为稀有珍异植物。

◎天下三分明月夜，二分无赖是扬州。（唐徐凝《忆扬州》）

忆江南

江南好，铁瓮古南徐。
立马江山千里目，射蛟风雨百灵趋。
北顾更踌躇。

◎铁瓮：江苏镇江子城，相传为吴大帝孙权所建，内外皆甃以甓。以其坚固如金城，号铁瓮城。或谓其状深狭似瓮而得名。南徐，东晋南渡，侨置徐州于京口，即今江苏镇江市。南朝宋以江南晋陵地为南徐州，仍治京口。故镇江又称南徐。

忆江南

江南好，一片妙高云。
砚北峰峦米外史，屏间楼阁李将军，
金碧矗斜曛。

◎《汉上题襟集》段成式书云：“杯宴之馀，常居砚北。”又云：“长疏砚北，天机素少。”又云：“笔下词文，砚北诸生。”盖言几案面南，人坐砚之北也。（清吴景旭《历代诗话》）

忆江南

江南好，何处异京华？
香散翠帘多在水，绿残红叶胜于花。
无事避风沙。

忆江南

新来好，唱得虎头词。
一片冷香惟有梦，十分清瘦更无诗。
标格早梅知。

◎虎头：晋顾恺之，字长康，小字虎头。此处借指作者的友人顾贞观。

◎“一片”二句为顾贞观《浣溪沙·梅》词句。

◆梁汾咏梅《浣溪沙》云：“冻云深护最高枝。”又云：“一片冷香惟有梦，十分清瘦更无诗。待他移影说相思。”剔透玲珑，风神独绝，诚咏物雅令也。比之排比嫩辞，襞积冷典，相去岂不万万哉。余尝怪今之学金风亭长者，置《静志居琴趣》、《江湖载酒集》于不讲，而心摹手追，独在茶烟阁体物卷中，则何也？夫咏物南宋最盛，亦南宋最工。然傥无白石高致，梅溪绮思，第取乐府补题而尽和之，是方物略耳，是群芳谱耳，便谓超凡入圣，雄长词坛，其不然欤。咏梅词亦见赏于容若，容若有《忆江南》一阕，即因此词而作。首曰：“新来好，唱得虎头词。”末曰：“标格早梅知。”中间即述此二句。可见好文章，知音自同也。恐观者未省，聊复举之。（清谢章铤《赌棋山庄词话》）

◆容若《梦江南》云（略），即以梁汾《咏梅》句喻梁汾词。赏会若斯，岂易得之并世。（清况周颐《蕙风词话》卷一）

点绛唇 寄南海梁药亭

一帽征尘，留君不住从君去。
片帆何处？南浦沉香雨。

回首风流，紫竹村边住。
孤鸿语。三生定许，可是梁鸿侣。

◎梁鸿，字伯鸾。东汉扶风平陵人。家贫好学，不求仕进。娶同县孟光为妻，夫妇同入霸陵山中，以耕织为业。（见《后汉书·梁鸿传》）

◎南海，指广东省。秦始皇三十三年置南海郡，治所在番禺（今广州市）。《清史列传·梁佩兰传》：梁佩兰，字芝五，号药亭，广东南海人。顺治十四年乡试第一，屡上公车，不得志。康熙二十七年成进士，年六十矣。改翰林院庶吉士，不一年遽乞假归。四十七年卒，年七十七。著有《六莹堂前后集》十六卷。据梁祭纳兰性德的祭文："呜呼，我离京师，距今四年。此来见公，欢倍于前。"祭文作于康熙二十四年，可知梁离京当在二十年。词中有"片帆何处"之语，当作于梁去后不久。

浣溪沙

十里湖光载酒游，青帘低映白蘋洲。
西风听彻采菱讴。

沙岸有时双袖拥，画船何处一竿收。
归来无语晚妆楼。

浣溪沙

脂粉塘空遍绿苔，掠泥营垒燕相催。
妒他飞去却飞回。

一骑近从梅里过，片帆遥自藕溪来。
博山香烬未全灰。

◆此词作于康熙二十三年十月扈驾南巡时。

浣溪沙 大觉寺

燕垒空梁画壁寒，诸天花雨散幽关。
篆香清梵有无间。

蛱蝶乍从帘影度，樱桃半是鸟衔残。
此时相对一忘言。

◆《大清一统志·保定府》四："大觉寺，在满城县北，明洪武初因旧址重建。"据《清实录》，康熙帝于二十二年二月及九月两次去五台山时，均"驻跸满城县"，但与此词时令不符。唯十八年三月，"丁酉……上幸保定县一路行围"，时令最为接近。又据徐乾学所作作者墓志铭，"上之幸海子、沙河，及西山、汤泉，及畿辅、五台……未尝不从"，保定行围，作者当亦随行。故此词当作于该年。又据《北京名胜古迹辞典》，海淀区北安河乡西南旸台山麓亦有大觉寺，创建于辽代，但明末寺内建筑已圮毁，至康熙五十九年始重修。

浣溪沙

抛却无端恨转长，慈云稽首返生香。
《妙莲花》说试推详。

但是有情皆满愿，更从何处着思量。
篆烟残烛并回肠。

◆词中有"慈云稽首返生香"之语，可能作于康熙十六年妻子死后不久，故有望其返生的想法。

浣溪沙 小兀喇

桦屋鱼衣柳作城，蛟龙鳞动浪花腥。
飞扬应逐海东青。

犹记当年军垒迹，不知何处梵钟声。
莫将兴废话分明。

◆兀喇，又名乌喇，乌拉。《大清一统志·吉林》二：“打牲乌拉城，在吉林城北七十里混同江东。……内有小城，周二里，东西二门。”小兀喇可能即指该小城。据《清实录》，康熙帝于二十一年三月去东北祭祀祖先陵墓，“庚申，上巡行乌喇地方……癸酉，上至吉林乌喇地方”。此词即作于该年。

浣溪沙 姜女祠

海色残阳影断霓，寒涛日夜女郎祠。
翠钿尘网上蛛丝。

澄海楼高空极目，望夫石在且留题。
六王如梦祖龙非。

◆《大清一统志·永平府》二：“姜女祠在临榆县东南并海里许，祠前土丘为姜女坟，旁有望夫石。俗传姜女为杞梁妻，始皇时因哭其夫而崩长城。”按临榆即山海关。作者曾两次途经山海关，第一次是在康熙帝于二十一年三月出山海关至盛京祭祀祖先陵墓时，第二次是在该年八月下旬随郎谈去梭龙时。此词语句低沉暗淡，且有“寒涛”之语，作于深秋之可能性为大。三月赴盛京，正当平定三藩之乱不久，“海宇荡平”，“躬诣盛京祭告三陵”（《清实录》），康熙帝得意非凡之时，作者随侍帝侧，而作词曰“六王如梦祖龙非”，恐没有这样大胆。故系于二十一年。

菩萨蛮 回文

客中愁损催寒夕，夕寒催损愁中客。
门掩月黄昏，昏黄月掩门。

翠衾孤拥醉，醉拥孤衾翠。
醒莫更多情，情多更莫醒。

菩萨蛮 回文

砑笺银粉残煤画，画煤残粉银笺砑。
清夜一灯明，明灯一夜清。

片花惊宿燕，燕宿惊花片。
亲自梦归人，人归梦自亲。

菩萨蛮

飘蓬只逐惊飙转，行人过尽烟光远。
立马认河流，茂陵风雨秋。

寂寥行殿锁，梵呗琉璃火。
塞雁与宫鸦，山深日易斜。

◆此词有“茂陵风雨秋”之句，可能去十三陵时所作，参见前《好事近》（马首望青山）注。

采桑子

那能寂寞芳菲节，欲话生平。
夜已三更，一阕悲歌泪暗零。

须知秋叶春花促，点鬓星星。
遇酒须倾，莫问千秋万岁名。

采桑子 九日

深秋绝塞谁相忆？木叶萧萧。
乡路迢迢，六曲屏山和梦遥。

佳时倍惜风光别，不为登高。
只觉魂销，南雁归时更寂寥。

◆九日，指农历九月初九重阳节。作者于九月份在塞外有两次，一次是康熙二十一年八月至十二月去梭龙侦察，一次是二十二年扈驾去五台山。去五台山时已在九月中旬，故此词当作于二十一年九月。

采桑子

海天谁放冰轮满？惆怅离情。
莫说离情，但值凉宵总泪零。

只应碧落重相见，那是今生。
可奈今生，刚作愁时又忆卿。

采桑子

白衣裳凭朱阑立，凉月趖西。
点鬓霜微，岁晏知君归不归？

残更目断传书雁，尺素还稀。
一味相思，准拟相看似旧时。

◎从来国色玉光寒，昼视常疑月下看。况复此宵兼雪月，白衣裳凭赤栏干。（明王次回《寒词十六首》之一）

◎秋来更觉销魂苦，小字还稀。坐想行思，怎得相看似旧时。（宋晏幾道《采桑子》）

清平乐

麝烟深漾，人拥缑笙氅。
新恨暗随新月长，不辨眉尖心上。

六花斜扑疏帘，地衣红锦轻沾。
记取暖香如梦，耐他一晌寒严。

◎都来此事，眉尖心上，无计相回避。（宋范仲淹《御街行》）

眼儿媚

林下闺房世罕俦，偕隐足风流。
今来忍见，鹤孤华表，人远罗浮。

中年定不禁哀乐，其奈忆曾游。
浣花微雨，采菱斜日，欲去还留。

◎谢遏绝重其姊，张玄常称其妹，欲以敌之。有济尼者，并游张谢二家，人问其优劣，答曰："王夫人（指谢遏之姊谢道韫）神情散朗，故有林下风气；顾家妇（指张玄之妹）清心玉映，自是闺房之秀。"（《世说新语·贤媛》）

◎辽东人丁令威在灵虚山学道成仙，后化鹤归来，落城门华表柱上。有少年欲射之，鹤乃飞鸣作人言："有鸟有鸟丁令威，去家千年今始归。城郭如故人民非，何不学仙冢累累。"（见《搜神后记》）

◎隋开皇中，赵师雄迁罗浮，日暮，于松林酒肆旁见一美人淡妆素服出迎，与语，芳香袭人，因与扣酒家共饮。师雄醉寝，比醒，起视乃在梅花树下。（见《龙城录》。罗浮：山名，在广东省。）

◎四月十九日，成都谓之浣花日，遨头宴于杜子美草堂沧浪亭，倾城皆出，锦绣夹道。……蜀人云："虽戴白之老，未尝见浣花日雨也。"（宋陆游《老学庵笔记》）

眼儿媚 咏红姑娘

骚屑西风弄晚寒，翠袖倚阑干。
霞绡裹处，樱唇微绽，靺鞨红殷。

故宫事往凭谁问？无恙是朱颜。
玉墀争采，玉钗争插，至正年间。

◎红姑娘：酸浆的别名，多年生或一年生草本，夏秋间开花，花冠乳白色。浆果包藏在鲜艳的囊状花萼内，成熟时呈橘红色或深红色。

◎严绳孙《眼儿媚·咏红姑娘》词："生生长共，故宫衰草，同对斜阳。”自注：“《元故宫遗录》：金殿前有此果。”

眼儿媚 中元夜有感

手写香台金字经，惟愿结来生。
莲花漏转，杨枝露滴，相鉴微诚。

欲知奉倩神伤极，凭诉与秋檠。
西风不管，一池萍水，几点荷灯。

◎（荀）粲，字奉倩。……妇病亡，未殡。傅嘏往唁粲，粲不哭而神伤。（《三国志·魏志》卷十《荀恽》裴松之注引《晋阳秋》）

◆作者妻子卢氏死于康熙十六年五月，此词可能就作于该年七月十五日中元夜。按旧俗于七月十五中元节延僧尼结盂兰盆会，夜里在水边放河灯，又称放荷花灯，诵经施食，超度亡魂。

满宫花

盼天涯，芳讯绝。莫是故情全歇。
朦胧寒月影微黄，情更薄于寒月。

麝烟销，兰烬灭。多少怨眉愁睫。
芙蓉莲子待分明，莫向暗中磨折。

◎雾露隐芙蓉，见莲不分明。（《子夜歌》）

少年游

算来好景只如斯，惟许有情知。
寻常风月，等闲谈笑，称意即相宜。

十年青鸟音尘断，往事不胜思。
一钩残照，半帘飞絮，总是恼人时。

◎断肠院落，一帘飞絮。（宋周邦彦《瑞龙吟》）

浪淘沙 望海

蜃阙半模糊。踏浪惊呼。
任将蠡测笑江湖。
沐日光华还浴月，我欲乘桴。

钓得六鳌无？竿拂珊瑚。
桑田清浅问麻姑。
水气浮天天接水，那是蓬壶？

◎渤海之东，有大壑焉，其中有山，常随波潮上下。帝恐流于西极，失群圣之居，使巨鳌十五举首而戴之。龙伯之国，有大人……一钓而连六鳌。（《列子·汤问》）

◎王远，字方平，过蔡经家，召麻姑。既至，是好女子，年可十八九许，顶上作髻，馀发散垂至腰，手爪似鸟，衣有文采，又非锦绣。自说云：“接侍以来，已见东海三为桑田。向到蓬莱，水又浅于往者会时略半也，岂将复还为陵陆乎？”方平笑曰：“圣人皆言，海中行复扬尘也。”（见《神仙传》）

◆此词可能作于康熙二十一年三月扈驾至山海关时。参见前《长相思》注。

浪淘沙

双燕又飞还，好景阑珊。
东风那惜小眉弯。
芳草绿波吹不尽，只隔遥山。

花雨忆前番，粉泪偷弹。
倚楼谁与话春闲？
数到今朝三月二，梦见犹难。

鹧鸪天

谁道阴山行路难？风毛雨血万人欢。
松梢露点沾鹰绁，芦叶溪深没马鞍。

依树歇，映林看。黄羊高宴簇金盘。
萧萧一夕霜风紧，却拥貂裘怨早寒。

◎风毛雨血，洒野蔽天。（汉班固《两都赋》。风毛雨血：指大规模的射猎。）

◎谁道君王行路难，六龙西幸万人欢。（唐李白《上皇西巡南京歌》）

◆此词可能作于康熙二十二年九月扈驾至五台山时。参见前《浣溪沙》（万里阴山万里沙）注。

鹧鸪天

小构园林寂不哗，疏篱曲径仿山家。
昼长吟罢《风流子》，忽听楸枰响碧纱。

添竹石，伴烟霞。拟凭尊酒慰年华。
休嗟髀里今生肉，努力春来自种花。

◎（刘）备住荆州数年，尝于（刘）表坐起至厕，见髀里肉生，慨然流涕。还坐，表怪问备，备曰："吾常身不离鞍，髀肉皆消。今不复骑，髀里肉生。日月若驰，老将至矣，而功业不建，是以悲耳。"（《三国志·蜀先主传》注引《九州春秋》）

南乡子

何处淬吴钩？一片城荒枕碧流。
曾是当年龙战地，飕飕。
塞草霜风满地秋。

霸业等闲休。跃马横戈总白头。
莫把韶华轻换了，封侯。
多少英雄只废丘。

◎古庙依青嶂，行宫枕碧流。（五代李珣《巫山一段云》）

鹊桥仙

月华如水，波纹似练，几簇淡烟衰柳。

塞鸿一夜尽南飞，谁与问倚楼人瘦。

韵拈风絮，录成《金石》，不是舞裙歌袖。
从前负尽扫眉才，又担阁镜囊重绣。

虞美人

绿阴帘外梧桐影，玉虎牵金井。
怕听啼鴂出帘迟，恰到年年今日两相思。

凄凉满地红心草，此恨谁知道。
待将幽忆寄新词，分付芭蕉风定月斜时。

◎莫开帘，怕见飞花，怕听啼鹃。（宋张炎《高阳台》）

◎王生梦侍吴王，闻葬西施，生应教为诗曰："满地红心草，三层碧玉阶。春风无处所，凄恨不胜怀。" （见《异闻录》）

茶瓶儿

杨花糁径樱桃落。绿阴下晴波燕掠。
好景成担阁。秋千背倚，风态宛如昨。

可惜春来总萧索。人瘦损纸鸢风恶。
多少芳笺约，青鸾去也，谁与劝孤酌。

◎糁径杨花铺白毡，点溪荷叶叠青钱。（唐杜甫《绝句漫兴九首》其七）

临江仙

点滴芭蕉心欲碎，声声催忆当初。
欲眠还展旧时书。
鸳鸯小字，犹记手生疏。

倦眼乍低缃帙乱，重看一半模糊。
幽窗冷雨一灯孤。
料应情尽，还道有情无？

◎戏仿曹娥把笔初，描花手法未生疏。沉吟欲作鸳鸯字，羞被郎窥不肯书。（明王次回《湘灵》）

◎冷雨幽窗灯不红。（明汤显祖《牡丹亭·悼殇》）

蝶恋花 散花楼送客

城上清笳城下杵。
秋尽离人，此际心偏苦。
刀尺又催天又暮，一声吹冷蒹葭浦。

把酒留君君不住。
莫被寒云，遮断君行处。
行宿黄茅山店路，夕阳村社迎神鼓。

◆据《一统志》，散花楼在成都府城东北隅。李白《上皇西巡南京歌》："北地虽夸上林苑，南京还有散花楼。"但作者似未到过成都，因此这散花楼可能是当时北京的一家酒楼。又据张本，此词为送见阳（张纯修）南行而作，当是康熙十八年秋见阳去任江华令时。参阅前《菊花新》(愁绝行人天易暮)注。

金缕曲 再用秋水轩旧韵

疏影临书卷。
带霜华、高高下下，粉脂都遣。
别是幽情嫌妩媚，红烛啼痕休泫。
趁皓月、光浮冰茧。
恰与花神供写照，任泼来、淡墨无深浅。
持素障，夜中展。

残釭掩过看逾显。
相对处、芙蓉玉绽，鹤翎银扁。
但得白衣时慰藉，一任浮云苍犬。
尘土隔、软红偷免。
帘幕西风人不寐，恁清光、肯惜鹔裘典。
休便把，落英剪。

◎陶潜九日无酒，出篱边怅望久之，见白衣人至，乃王弘送酒使也。即便就酌，醉而后归。(见晋檀道鸾《续晋阳秋》)

◎天上浮云如白衣，斯须改变如苍狗。(唐杜甫《可叹》)

◎“但得”三句，谓只要时常有白衣人送酒来，就任凭世事变化无常，悄悄地与繁华的红尘隔绝了。

补遗一

望江南 咏弦月

初八月，半镜上青霄。
斜倚画阑娇不语，暗移梅影过红桥。
裙带北风飘。

◎开帘见新月，便即下阶拜。细语人不闻，北风吹裙带。（唐李端《拜新月》）

鹧鸪天 离恨

背立盈盈故作羞。手挼梅蕊打肩头。
欲将离恨寻郎说，待得郎来恨却休。

云淡淡，水悠悠。一声横笛锁空楼。
何时共泛春溪月，断岸垂杨一叶舟。

◎残星几点雁横塞，长笛一声人倚楼。（唐赵嘏《长安晚秋》）

明月棹孤舟 海淀

一片亭亭空凝伫。趁西风《霓裳》遍舞。
白鸟惊飞，菰蒲叶乱，断续浣纱人语。

丹碧驳残秋夜雨。风吹去采菱越女。
辘轳声断，昏鸦欲起，多少博山情绪？

◎暂出白门前，杨柳可藏乌。欢作沉水香，侬作博山炉。（古乐府《杨叛儿》）

临江仙

昨夜个人曾有约。严城玉漏三更。
一钩新月几疏星。
夜阑犹未寝，人静鼠窥灯。

原是瞿唐风间阻，错教人恨无情。
小阑干外寂无声。
几回肠断处，风动护花铃。

望海潮 宝珠洞

汉陵风雨，寒烟衰草，江山满目兴亡。
白日空山，夜深清呗，算来别是凄凉。
往事最堪伤。
想铜驼巷陌，金谷风光。
几处离宫，至今童子牧牛羊。

荒沙一片茫茫。有桑干一线，雪冷雕翔。
一道炊烟，三分梦雨，忍看林表斜阳。
归雁两三行。
见乱云低水，铁骑荒冈。

僧饭黄昏，松门凉月拂衣裳。

◆宝珠洞：在北京西山八大处。《北京名胜古迹辞典》："宝珠洞雄踞于平坡山顶……有殿堂两座。寺之正殿为观音大士殿，两厢有配殿。殿后有一岩洞。深广约四米。洞内砾石奇特，如同黑白相间的珠子凝结而成，似蚌珠晶莹，故得名宝珠。"性德于康熙十二年写成的《渌水亭杂识中》，已有考证西山地名的记载，可见他此前曾到过西山。此词可能作于当时。

忆江南

江南忆，鸾辂此经过。
一掬胭脂沉碧甃，四围亭壁幛红罗。
消息暑风多。

◆此词写回忆康熙二十三年十一月扈驾南巡时经过南京的情况，词中又有"暑风"之语，因此可能作于二十四年四、五月。

忆江南

春去也，人在画楼东。
芳草绿粘天一角，落花红沁水三弓。
好景共谁同？

赤枣子

风淅淅，雨纤纤。难怪春愁细细添。

记不分明疑是梦，梦来还隔一重帘。

玉连环影

才睡。愁压衾花碎。
细数更筹，眼看银虫坠。
梦难凭，讯难真。
只是赚伊终日两眉颦。

如梦令

万帐穹庐人醉。星影摇摇欲坠。
归梦隔狼河，又被河声搅碎。
还睡，还睡。解道醒来无味。

◆词中有“归梦隔狼河”之语，可能作于康熙二十一年三至四月扈驾东出山海关祭祀长白山时。

天仙子

月落城乌啼未了，起来翻为无眠早。
薄霜庭院怯生衣，心悄悄，红阑绕，
此情待共谁人晓？

浣溪沙

锦样年华水样流，鲛珠迸落更难收。
病馀常是怯梳头。

一径绿云修竹怨，半窗红日落花愁。
愔愔只是下帘钩。

◎一株青玉立，千叶绿云委。（唐白居易《云居寺孤桐》）

浣溪沙

肯把离情容易看，要从容易见艰难。
难抛往事一般般。

今夜灯前形共影，枕函虚置翠衾单。
更无人与共春寒。

浣溪沙

已惯天涯莫浪愁，寒云衰草渐成秋。
漫因睡起又登楼。

伴我萧萧惟代马，笑人寂寂有牵牛。
劳人只合一生休。

◆词中有“笑人寂寂有牵牛”之语，可知必作于七夕。写作时间见前《齐天乐》（白狼河北秋偏早）注。

采桑子 居庸关

巂周声里严关峙，匹马登登。
乱踏黄尘，听报邮签第几程。

行人莫话前朝事，风雨诸陵。
寂寞鱼灯，天寿山头冷月横。

◎《尔雅·释鸟》“巂周”注：“子巂鸟，出蜀中。”疏：“蜀王望帝化为子巂，今谓之子规是也。”

◎宿桨依农事，邮签报水程。（唐杜甫《宿青草湖》。注：“漏筹谓之邮签。”）

清平乐 发汉儿村题壁

参横月落，客绪从谁托。
望里家山云漠漠，似有红楼一角。

不如意事年年，消磨绝塞风烟。
输与五陵公子，此时梦绕花前。

◎（狄）仁杰赴任于并州，登太行，南望白云孤飞，谓左右曰：“吾亲所居，近此云下！”悲泣伫立久之，候云移乃行。（唐刘肃《大唐新语》卷六）

◆汉儿村，见前《念奴娇》（无情野火）注。此词有“此时梦绕花前”之句，当是作于春天，故系于康熙二十一年三月至四月扈驾至盛京时。

清平乐

角声哀咽，襆被驮残月。
过去华年如电掣，禁得番番离别。

一鞭冲破黄埃，乱山影里徘徊。

蓦忆去年今日，十三陵下归来。

清平乐

画屏无睡，雨点惊风碎。
贪话零星兰焰坠，闲了半床红被。

生来柳絮飘零。便教呪也无灵。
待问归期还未，已看双睫盈盈。

◎梧桐雨细，渐滴作秋声，被风惊碎。（宋张辑《疏帘淡月》）

秋千索

锦帷初卷蝉云绕，却待要起来还早。
不成薄睡倚香篝，一缕缕残烟袅。

绿阴满地红阑悄，更添与催归啼鸟。
可怜春去又经时，只莫被人知了。

浪淘沙 秋思

霜讯下银塘，并作新凉。
奈他青女忒轻狂。
端正一枝荷叶盖，护了鸳鸯。

燕子要还乡，惜别雕梁。
更无人处倚斜阳。

还是薄情还是恨，仔细思量。

◎青女，天神，青霄玉女，主霜雪也。（《淮南子·天文训》“至秋三月……青女乃出，以降霜雪”注）

虞美人 秋夕信步

愁痕满地无人省，露湿琅玕影。
闲阶小立倍荒凉，
还剩旧时月色在潇湘。

薄情转是多情累，曲曲柔肠碎。
红笺向壁字模糊，
忆共灯前呵手为伊书。

补遗二

渔父

收却纶竿落照红。秋风宁为剪芙蓉。
人淡淡，水濛濛。吹入芦花短笛中。

菩萨蛮 过张见阳山居赋赠

车尘马迹纷如织，羡君筑处真幽僻。
柿叶一林红，萧萧四面风。

功名应看镜，明月秋河影。
安得此山间，与君高卧闲。

◎勋业频看镜，行藏独倚楼。（唐杜甫《江上》。仇兆鳌注引黄生注："勋业老尚无成，故频看镜。"）

南乡子 秋莫村居

红叶满寒溪，一路空山万木齐。
试上小楼极目望，高低，
一片烟笼十里陂。

吠犬杂鸣鸡，灯火荧荧归路迷。

乍逐横山时近远，东西，
家在寒林独掩扉。

◎无情最是台城柳，依旧烟笼十里堤。（五代韦庄《台城》）

雨中花

楼上疏烟楼下路，正招余、绿杨深处。
奈卷地西风，惊回残梦，几点打窗雨。

夜深雁掠东檐去。赤憎是、断魂砧杵。
算酉酒忘忧，梦阑酒醒，愁思知何许！

满江红

为曹子清题其先人所构楝亭，亭在金陵署中。

籍甚平阳，羡奕叶、流传芳誉。
君不见、山龙补衮，昔时兰署。
饮罢石头城下水，移来燕子矶边树。
倩一茎黄楝作三槐，趋庭处。

延夕月，承晨露。看手泽，深馀慕。
更凤毛才思，登高能赋。
入梦凭将图绘写，留题合遣纱笼护。
正绿阴青子盼乌衣，来非暮。

◎平阳：汉曹参因助刘邦有功，受封平阳侯，传至曾孙时（或作寿），尚武帝姊阳信长公主，见《史记》、《汉书》本传。喻曹子清为贵族出身，又切合曹姓。

◎相传周代宫廷外种有三棵槐树，朝见天子时，三公面向三槐而立。《周礼·秋官》："面三槐，三公位焉。"宋王旦之父祐在庭中手植槐树三棵，曰："吾之后世，必有为三公者。"

◎《论语·季氏》："（孔子）尝独立，（孔）鲤趋而过庭。曰：'学诗乎？'"孔鲤是孔子的儿子，后因谓子承父教曰趋庭。《楝亭图》卷一载纳兰性德《曹司空手植楝树记》："子清为余言：其先人司空公当日奉命督江宁织造，清操惠政……衙斋萧寂，携子清兄弟以从，方佩觿佩韘之年，温经课业，靡间寒暑。其书室外，司空亲栽楝树一株，今尚在无恙。"

◎王母殷淑仪卒，超宗作诔奏之。帝大嗟赏，曰："超宗殊有凤毛，恐灵运复出。"（《南齐书·谢超宗传》）

◎孔子游于景山之上，子路、子贡、颜渊从。孔子曰："君子登高必赋，小子愿者何？"（《韩诗外传》）

◎王播少孤贫，客居扬州惠昭寺木兰院，随僧斋食，为诸僧所不礼。后播贵，重游旧地，见昔日在寺壁上所题诗句，已为僧用碧纱盖护。因题曰："二十年来尘扑面，如今始得碧纱笼。"（见五代王定保《唐摭言》）

◎廉范调任蜀郡太守。旧制为防止火灾，禁止百姓夜间点火做工。范到任撤消禁令，命百姓储水严防。百姓称便，作歌称颂，曰："廉叔度（范），来何暮？不禁火，民安作。平生无襦今五袴。"后以来暮为称颂地方官吏的典故。"正绿"二句谓南京人盼望曹寅很快能重返南京。（见《后汉书·廉范传》）

◆曹寅（1658–1712），字子清，号楝亭，曹雪芹之祖父。曹寅自其祖父曹振彦起为满洲贵族的包衣（奴仆），隶属于正白旗。自其父亲曹玺起连续三代任江宁织造。按曹寅之父曹玺死于康熙二十三年六月，同年十一月，康熙帝南巡至金陵，曾至曹府抚慰。纳兰性德扈驾随行，其入金陵曹府，仅此一次，随即北返。曹寅次年五月返京，纳兰性德死于该年五月三十日，观词中有"正绿阴青子"句，似非是冬日口气，当作于康熙二十四年五月间。同时有顾贞观所作和词。见《楝亭图》卷一。

浣溪沙 郊游联句

出郭寻春春已阑，陈维崧
东风吹面不成寒。秦松龄
青村几曲到西山。严绳孙

并马未须愁路远，姜宸英
看花且莫放杯闲。朱彝尊
人生别易会常难。纳兰成德

◆康熙十八年开博学鸿儒科，陈、秦、严、姜、朱诸人皆聚集于北京。此联句当作于该年暮春同游西山之时。

总 评

冯金伯辑《词苑萃编》　顾梁汾曰：容若词，一种凄惋处，令人不能卒读。人言愁我始欲愁。陈其年曰：《饮水词》哀感顽艳，得南唐二主之遗。

陈廷焯《白雨斋词话》　容若《饮水词》，在国初亦推作手，较《东白堂词》（佟世南撰）似更闲雅。然意境不厚，措词亦浅显。余所赏者，惟《临江仙·寒柳》第一阕及《天仙子·渌水亭秋夜》、《酒泉子》（谢却荼蘼一篇）三篇耳，馀俱平衍。又《菩萨蛮》云："杨柳乍如丝，故园春尽时。"亦凄惋，亦闲丽，颇似飞卿语。惜通篇不称。又《太常引》云："梦也不分明，又何必催教梦醒。"亦颇凄警。然意境已落第二乘。

又　容若《饮水词》，才力不足，合者得五代人凄婉之意。余最爱其《临江仙·寒柳》云："疏疏一树五更寒，爱他明月好，憔悴也相关。"言中有物，几令人感激涕零。容若词亦以此篇为压卷。

李佳《左庵词话》　八旗词家，向推纳兰容若《饮水》、《侧帽》二词，清微淡远。

谢章铤《赌棋山庄词话》　纳兰容若深于情者也。固不必刻划《花间》，俎豆《兰畹》，而一声《河满》，辄令人怅惘欲涕。

谭献《复堂词话》　有明以来，词家断推《湘真》第一，《饮水》次之。其年、竹垞、樊榭、频伽，尚非上乘。

又　以成容若之贵，项莲生之富，而填词皆幽艳哀断，异曲同工，所谓别有怀抱者也。

又　周稚圭有言：成容若欧、晏之流，未足以当李重光。

又　周稚圭云：或言纳兰容若，南唐李重光后身也。予谓重光天籁也，恐非人力所及。容若长调多不协律，小令则格高韵远，极缠绵婉约之致，能使残唐坠绪，绝而复续。第其品格，殆叔原、方回之亚乎。

胡薇元《岁寒居词话》　倚声之学，国朝为盛。竹垞、其年、容若鼎足词坛。……容若《饮水》一卷，《侧帽》数章，为词家正声。散璧零玑，字字可宝。杨蓉裳称其骚情古调，侠肠俊骨，隐隐奕奕，流露于毫楮间。

李慈铭《越缦堂日记》　容若为纳兰太傅明珠之子，少年侍卫禁廷，好学能文，与国初诸名士相角逐，著有《通志堂集》二十卷，多说经之书，而词特传。华峰顾贞观首刻之，其后杨蓉裳又为续刊，所谓《饮水》《侧帽》。□□□恒不得见，所见者《昭代词选》及《词综》所载数阕耳，幽情侧艳，心焉系之。去年秋季贶自禾中归，以全帙示余，盖娄东汪氏所刻本，共三百二十三阕，殆搜辑无遗矣。今摘其尤者于此。余尝论作词之道，固另有一种婉丽软媚之致，必性情近者始足语此，然亦须书卷富才力厚，草堂骫骳，元明浅陋，岂彼之人皆性情拙欤！国朝谭词推朱、陈两家。伽陵病在熟，竹垞病在陈，顾伽陵胜于竹垞者，笔意灵也。馀子不足数。求与伽陵鼎峙者，其容若及金风亭长乎。余于词非当家，所作者真诗馀耳，然于此中颇有微悟。盖必若近若远，忽去忽来，如蛱蝶穿花，深深款款。又须于无情无绪中，令人十步九回，如佛言食蜜中边皆甜。古来得此旨者，南唐二主、六一、安陆、淮海、小山及李易安《漱玉词》耳。屯田近俗，稼轩近霸，而两家佳处，均契渊微。本朝董文友小令最佳，惜不见其集。次则厉樊榭，真宋人嫡髓，而太近白石、草窗，《兰荃》遗韵，夐乎邈矣！纳兰词在当日为伽□□□□□徐菊庄、吴薗次辈皆推许之，今则鲜有举其姓氏者。其词弦弦掩抑，令人不欢，洵有如顾梁汾所谓非文人不能多情，非才子不能善怨者。然根柢太浅，每露底蕴，长调犹时若不醇，此不读书之故。徐健庵、韩慕庐作容若墓志，言其所作多于扈跸侍猎时得之，容或然也。余尝见其所著《渌水亭杂识》，固不见佳，而词独哀怨骚屑。以承平贵公子，而憔悴忧伤，常若不可终日，虽性情有独至，亦年命不永之征也。

大约词与诗之别，诗必意馀于言，词则言馀于意，往往申衍□□□□□□□以盛气包举之，词则不得游移一字，故异曲同工。词之小令，犹诗中五绝七绝，须天机凑泊，不着一字；以字句新俊见奇者，次也。或以小令为易工，是犹作七绝者，但观摹晚唐、南宋诸家，而不知有龙标、太白也。长调须流宕而不剽，雄厚而不竞。清真未免剽，稼轩未免竞，东坡则或上类于诗，或下流于曲，故足以鼓吹骚雅者鲜已。伽陵词如丝竹迭奏广场，繁响中时作渊渊金石声，纳兰词如寡妇夜哭，缠绵幽咽，不能终听。近来汴人周誉芬《东沤词》则如儿女子花前月下，喁喁私语，温丽闻芗泽，故虽未能尽两家之长，而实为两家所未有也。余词非叔子所服，顾尝自谓如松竹间语，清婉无响，不肯一语同《东沤》，而心实喜之。或有讥其不醇者，虽未必知言，然能再加洗伐，则五代、两宋无人矣。因论容若词及之。咸丰乙卯（一八五五）九月初十日。

又　终日无事，去年定子太史以成容若《纳兰词》属评点，久庋不还，今日既暇，因为加墨一过。容若词，天分殊胜而学力甚歉。予于乙卯秋曾选其佳者录之，时于此事犹未深入，故别择尚疏。其词长调殊鲜合作，小令、中令多得钟隐、淮海之悟。如“寄语酿花风日好，绿窗来与上琴弦”、“记得别伊时，桃花柳万丝”、“妆罢只思眠，江南四月天”、“刚与病相宜，琐窗薰绣衣”、“没个音书，尽日东风上绿除”、“风也萧萧，雨也萧萧，瘦尽灯花又一宵”、“月上桃花，雨歇春寒燕子家”、“被酒莫惊春睡重，赌书消得泼茶香。当时只道是寻常”、烟丝欲袅，露光凝泫，春在桃花”、“满地梨花似去年，却多了廉纤雨”、“五月江南麦已稀，黄梅时节雨霏微，闲看燕子教雏飞”、“一般心事，两样愁情，犹记碧桃影里誓三生”、“画船人似月，细雨落杨花”、“帘影谁摇，燕蹴风丝上柳条”、“甚日还来，同领略夜雨空阶滋味”、“一钩残照，半帘微絮，总是恼人时”，皆清灵婉约，诵之使人之意也消。故所作不及伽陵、竹垞之半，才力亦相去远甚，而讫今谈艺家与朱、陈并称，繇其独契性灵，冥臻上乘，亦非二家所能及也。此本为道光丁酉岁镇洋汪元治所刻，合《饮水》、《侧帽》二集，又搜其遗剩，共得三百二十三阕，所作大约已备。惜校雠不精，又指其《琵琶仙》、《秋水》等调为自度曲，盖全不知此事者矣。咸丰辛酉（1861）二月十八日。

丁绍仪《听秋声馆词话》　国朝词人辈出，然工为南唐五季语者，无若纳兰相国明珠子容若侍卫。所著《饮水词》于伽陵小长芦二家外，别立一帜。其古今体诗亦温雅。

张德瀛《词征》　成容若《填词》诗云："往往欢娱工，不如忧患作……"愚按：容若词与顾梁汾唱和最多。"往往欢娱工，不如忧患作"两语，则容若自道甘苦之言。然容若词幽怨凄黯，其年词高阔雄健，犹之晋侯不能乘郑马，赵将能用楚兵。两家诣力，固判然若别也。

王国维《人间词话》　纳兰容若以自然之眼观物，以自然之舌言情，此由初入中原，未染汉人风气，故能真切如此。北宋以来，一人而已。

又　谭复堂《箧中词选》谓蒋鹿潭《水云楼词》与成容若、项莲生三百年间分鼎三足。然《水云楼词》小令颇有境界，长调惟存气格，《忆云词》精实有馀，超逸不足，皆不足与容若比。

况周颐《蕙风词话》　寒酸语不可作，即愁苦之音，亦以华贵出之，《饮水词》人所以为重光后身也。

又　容若与顾梁汾交谊甚深，词亦齐名，而梁汾稍不逮容若。论者曰失之脆。

又　纳兰容若为国初第一词人，其《饮水诗填词》古体云（略）。容若承平少年，乌衣公子，天分绝高。适承元明词敝，甚欲推尊斯道，一洗雕虫篆刻之讥。独惜享年不永，力量未充，未能胜起衰之任。其所为词纯任性灵，纤尘不染，甘受和，白受采，进于沉着浑至何难矣。

蔡嵩云《柯亭论词》　纳兰小令，丰神迥绝，学后主未能至，清丽芊绵似易安而已。悼亡诸作，脍炙人口。尤工写塞外荒寒之景，殆扈从时所身历，故言之亲切如此。其慢词则凡近拖沓，远不如其小令，岂词才所限欤？

吴梅《词学通论》　容若小令，凄惋不可卒读。顾梁汾、陈其年皆低首交称之。究其所诣，洵足追美南唐二主。清初小令之工，无有过于容若者矣。同时佟世南有《东白堂词》，较容若略逊。而意境之深厚，措词之显豁，亦可与容若相埒。然如《临江仙·寒柳》、《天仙子·渌水亭秋夜》、《酒泉子·荼蘼谢后作》，非容若不能作也。又《菩萨蛮》云："杨柳又如丝，故园春尽时。"凄惋闲丽，较驿桥春雨更进一层。或谓容若是李煜转生，殆专论其词也。承平宿卫，又得通儒为师，搜辑旧籍，刊布艺林，其志向自足千古，岂独琢词之工已哉。

《国学典藏》丛书已出书目

周易［明］来知德 集注
诗经［宋］朱熹 集传
尚书 曾运乾 注
仪礼［汉］郑玄注［清］张尔岐 句读
礼记［元］陈澔 注
论语·大学·中庸［宋］朱熹 集注
孟子［宋］朱熹 集注
左传［战国］左丘明 著［晋］杜预 注
孝经［唐］李隆基 注［宋］邢昺 疏
尔雅［晋］郭璞 注
战国策［汉］刘向 辑录
［宋］鲍彪 注［元］吴师道 校注
国语［战国］左丘明 著
［三国吴］韦昭 注
徐霞客游记［明］徐弘祖 著
荀子［战国］荀况 著［唐］杨倞 注
近思录［宋］朱熹 吕祖谦 编
［宋］叶采［清］茅星来 等注
老子［汉］河上公 注［汉］严遵 指归
［三国魏］王弼 注
庄子［清］王先谦 集解
列子［晋］张湛 注［唐］卢重玄 解
［唐］殷敬顺［宋］陈景元 释文
孙子［春秋］孙武 著［汉］曹操 等注
墨子［清］毕沅 校注
韩非子［清］王先慎 集解
吕氏春秋［汉］高诱 注［清］毕沅 校
管子［唐］房玄龄 注［明］刘绩 补注
淮南子［汉］刘安 著［汉］许慎 注
坛经［唐］惠能 著 丁福保 笺注
楞伽经［南朝宋］求那跋陀罗 译
［宋］释正受 集注
世说新语［南朝宋］刘义庆 著
［南朝梁］刘孝标 注
山海经［晋］郭璞 注［清］郝懿行 笺疏
颜氏家训［北齐］颜之推 著
［清］赵曦明 注［清］卢文弨补注
梦溪笔谈［宋］沈括 著
容斋随笔［宋］洪迈 著
困学纪闻［宋］王应麟 著
［清］阎若璩 等注
楚辞［汉］刘向 辑
［汉］王逸 注［宋］洪兴祖 补注
玉台新咏［南朝陈］徐陵 编
［清］吴兆宜 注［清］程琰 删补
乐府诗集［宋］郭茂倩 编撰
唐诗三百首［清］蘅塘退士 编选
［清］陈婉俊 补注
宋词三百首［清］朱祖谋 编选
词综［清］朱彝尊 汪森 编
陶渊明全集［晋］陶渊明 著［清］陶澍 集注
王维诗集［唐］王维 著［清］赵殿成 笺注
孟浩然诗集［唐］孟浩然 著［宋］刘辰翁 评
李商隐诗集［唐］李商隐 著［清］朱鹤龄 笺注
杜牧诗集［唐］杜牧 著［清］冯集梧 注
李贺诗集［唐］李贺 著
［宋］吴正子 注［宋］刘辰翁 评
李煜词集（附李璟词集、冯延巳词集）
［南唐］李煜 著
柳永词集［宋］柳永 著
晏殊词集·晏幾道词集
［宋］晏殊 晏幾道 著
苏轼词集［宋］苏轼 著［宋］傅幹 注

黄庭坚词集·秦观词集
［宋］黄庭坚 著［宋］秦观 著

李清照诗词集［宋］李清照 著

辛弃疾词集［宋］辛弃疾 著

纳兰性德词集［清］纳兰性德 著

西厢记［元］王实甫 著
［清］金圣叹 评点

牡丹亭［明］汤显祖 著
［清］陈同 谈则 钱宜 合评

长生殿［清］洪昇 著［清］吴人 评点

桃花扇［清］孔尚任 著
［清］云亭山人 评点

古文辞类纂［清］姚鼐 纂集

古文观止［清］吴楚材 吴调侯 选注

文心雕龙［南朝梁］刘勰 著
［清］黄叔琳 注 纪昀 评
李详 补注 刘咸炘 阐说

诗品［南朝梁］钟嵘 著 古直 笺

人间词话·王国维词集 王国维 著

部分将出书目
（敬请关注）

周礼	三国志	金刚经
公羊传	水经注	文选
穀梁传	史通	曹植全集
说文解字	孔子家语	李白全集
史记	日知录	杜甫全集
汉书	文史通义	白居易诗集
后汉书	传习录	花间集